O DESEJO DOS OUTROS

UMA ETNOGRAFIA DOS SONHOS YANOMAMI

HANNA LIMULJA

Aos povos indígenas, que fazem dos seus sonhos resistência.

Sonho que se sonha só
É só um sonho que se sonha só,
Mas sonho que se sonha junto é realidade.

— Raul Seixas, "Prelúdio"

9 PREFÁCIO
Renato Sztutman

19 APRESENTAÇÃO

33 1. A GESTA DE KOPENAWA
55 2. A ORIGEM DA NOITE E O
DESABROCHAR DAS FLORES DOS SONHOS
85 3. OS SONHOS YANOMAMI
117 4. RÉQUIEM PARA UM SONHO
147 5. O MITO REENCONTRADO:
DO SONHO AO MITO E VICE-VERSA

173 CONCLUSÃO:
O SONHO YANOMAMI E A FITA DE MOEBIUS

179 AGRADECIMENTOS
183 REFERÊNCIAS BIBLIOGRÁFICAS
189 SOBRE A AUTORA

PREFÁCIO
UM LIVRO SONHADO
RENATO SZTUTMAN

Em "Sonhos para adiar o fim do mundo", Ailton Krenak argumenta que a pandemia de covid-19, associada ao cenário de destruição ambiental, nos obriga a pensar mais seriamente sobre o lugar da humanidade na biosfera, e isso o conduz curiosamente a uma reflexão a respeito das concepções indígenas sobre a atividade onírica. Os Krenak e outros povos indígenas são estranhos à ideia, cara ao Ocidente, da excepcionalidade humana. Diferentemente, inscrevem a humanidade numa teia de relações que envolve seres não humanos dotados de subjetividade. O sonhar seria, para eles, um modo de atualizar essa teia, uma possibilidade de conectar as pessoas a um cosmos mais amplo. Diante do cenário de crise sanitária e ambiental, Ailton conta que começou a dar mais vazão ao ato de sonhar: "Passei a ouvir os rios falando, ora com raiva, ora ofendidos. Nós acabamos nos constituindo como um terminal nervoso do que chamam de natureza". E conclui: "Experiencio o sentido do sonho como instituição que prepara as pessoas para se relacionarem com o cotidiano".[1]

Como afirmou o antropólogo Bruce Albert, por ocasião da primeira morte por covid-19 entre os Yanomami em abril de 2020, "agora somos todos índios". Sabemos que a história do contato dos povos indígenas com o mundo dos brancos é também uma história de dizimação por epidemias, história que vem acompanhada de um sentimento de perda da vida e do mundo,

---

1   Ailton Krenak, "Sonhar para adiar o fim do mundo", in *A vida não é útil*. São Paulo: Companhia das Letras, 2020, p. 20.

de uma consciência de forte vulnerabilidade. Com a covid-19, boa parte dos povos do planeta vem experimentando uma consciência e um sentimento análogos. Escreveu Albert: "Nós, brancos, estamos hoje tão desamparados frente à covid-19 quanto os Yanomami frente a epidemias letais e enigmáticas (*xawara a wai*) que nosso mundo lhes infringe há décadas".[2] (Dois anos depois, damo-nos conta de que os Yanomami e outros povos continuam mais desamparados do que a maior parte dos brancos...)

Os Yanomami, povo com o qual Albert convive há mais de quarenta anos, sofreram o duro impacto de epidemias que foram e continuam sendo trazidas por invasores não indígenas, sobretudo garimpeiros que trabalham ilegalmente na região. Mesmo com a demarcação da Terra Indígena (TI) Yanomami em 1992, essas invasões não cessaram e, devido à negligência do órgão indigenista e do governo federal, voltaram com mais ímpeto no período pandêmico, causando muitos adoecimentos e mortes. Como ensina Davi Kopenawa, que assinou com Albert *A queda do céu* (2015), a *xawara,* epidemia mortífera trazida pelos brancos (*napë pë*), advém da "fumaça do metal" produzida nos garimpos.

Kopenawa chama os garimpeiros de *napë warëri pë*, "espíritos queixadas forasteiros", "comedores de terra". Liberam substâncias patogênicas, que foram guardadas no mundo subterrâneo pelo demiurgo *Omama*. Mas os brancos não compreendem isso, pois não possuem acesso ao mundo invisível dos espíritos e a suas imagens reveladoras. Tal acesso só seria possível por meio da inalação da *yãkoana* – substância psicoativa, elemento fundamental do xamanismo yanomami – e da atividade onírica. A alucinação e o sonho seriam, pois, instrumentos que permi-

---

2 Bruce Albert, "Agora somos todos índios: Nós brancos estamos tão desamparados quanto os ianomamis". *Folha de S.Paulo*, 24 abr. 2020.

tem ver – e, portanto, conhecer – os espíritos responsáveis pela *xawara*, bem como os espíritos *xapiri pë*, sem os quais não haveria possibilidade de cura e de habitação na Terra.

—

Interlocutora de Kopenawa e parceira dos Yanomami desde 2008, Hanna Limulja mergulhou no universo onírico desse povo, compreendendo-o como um modo de conhecer o mundo e agir sobre ele. Versão editada e ligeiramente modificada da tese de doutorado defendida em 2019, sob a orientação de José Antonio Kelly Luciani, o texto que lemos a seguir é uma etnografia primorosa sobre os sentidos do sonhar entre os Yanomami, bem como o resultado de um comprometimento de muitos anos com a causa desse povo.

Limulja baseou-se na transcrição de mais de cem relatos de sonhos, colhidos na comunidade Pya ú, região do rio Toototopi, perto da fronteira de Roraima com a Venezuela. Ela confessa que sua pesquisa se intensificou à medida que passava a sonhar com mais frequência e que, como costumam fazer os Yanomami, passava a partilhar seus sonhos com os convivas, que reagiam aos relatos, oferecendo comentários e glosas intrigantes. Com efeito, os sonhos da autora contribuíram para a construção de uma empatia mútua, sem a qual este livro não teria sido escrito. É como se *O desejo dos outros* tivesse sido, ele também, sonhado; tivesse sido concebido no plano em que transcorrem os sonhos. Objeto de reflexão, mas sobretudo método de conhecimento e de pensamento, Limulja assume o sonho como e com os Yanomami. Para eles, os sonhos, juntamente com as visões xamânicas propiciadas pelo uso da *yãkoana*, seriam responsáveis pelo acesso ao mundo invisível, contrapartida de tudo que existe.

A autora se surpreende com o desinteresse de muitos antropólogos – sobretudo os que trabalharam com os Yanomami – pela vida onírica, o que parece um contrassenso, já que os sonhos têm um lugar decisivo em sua vida e na de outros povos indígenas. Tudo se passa como se muitos estudiosos se deixassem guiar, mesmo que não deliberadamente, pela partilha estabelecida por Durkheim entre "representações individuais" e "representações coletivas". Os sonhos seriam, sob essa óptica, objeto da psicologia; ao passo que a vida religiosa, os rituais e os mitos permaneceriam objeto das ciências sociais. Se Lacan, inspirado em Lévi-Strauss, falava no "mito individual do neurótico", Limulja debruça-se sobre o "sonhar coletivo" dos Yanomami, que se mistura às narrativas míticas. Como insiste mais uma vez Kopenawa, os Yanomami, diferentemente de grande parte dos brancos, não sonham apenas consigo próprios, pois sonhar é, para eles, antes de tudo, viajar longe, conhecer lugares e pessoas distantes, escapar do familiar.

Limulja mergulha fundo nos conceitos yanomami que cercam o universo dos sonhos. Ela afirma que a palavra *mari* (sonho) transborda o sentido que costumamos atribuir à atividade onírica. Isso porque ela não pode ser reduzida ao sonho noturno, aquele que ocorre durante o sono, mas abarca também a experiência de transe ou viagem xamânica propiciada pela inalação da *yãkoana*. De modo análogo, ela ensina que o conceito de *nomai* – que traduziríamos como "morrer" – compreende momentos de "perda de consciência" ou de "saída de si", como a alucinação e o sonho. Ao inalar *yãkoana*, os olhos do xamã "morrem"; assim, todo sonho implicaria, por assim dizer, uma "pequena morte".

Para os Yanomami, saber sonhar é saber ver, ver o invisível. A teoria do conhecimento yanomami passaria forçosamente pelo *marimu*, esse ato de sair de si, de fragmentação ou partibilidade da pessoa. Limulja atenta para a tradução do termo *-taa* como a um só tempo conhecer e ver, ver e interagir com o plano invisível. Sonhar é ter acesso a *mari tëhë*, conceito que a autora traduz como "espaço-tempo do sonho", e que se confunde com o espaço-tempo do mito, no qual passado, presente e futuro se embaralham, desafiando coordenadas da física clássica e da filosofia moderna. O conceito de *mari tëhë* vai de encontro da ideia de que o tempo do mito é o de um passado imemorial, e de que o sonho deve ser compreendido ora como projeção de um futuro (como "oniromancia"), ora como simbolismo psíquico (dizendo respeito a um ego específico). O espaço-tempo do sonho e do mito é, para os Yanomami, coetâneo com o espaço-tempo da vigília, no sentido de que ambos podem se afetar mutuamente. Como sugeriu Karen Shiratori, em uma bela síntese sobre a vida onírica de povos ameríndios,[3] o sonho é concebido como *acontecimento*: não se trata de simbolismo ou representação, as coisas realmente acontecem, a imagem vital (*utupë*) das pessoas desloca-se para outro plano.

—

Limulja inicia *O desejo dos outros* com um passeio pela obra labiríntica de Kopenawa e Albert, *A queda do céu* (2015). Evocando Jorge Luis Borges, a autora sugere que esse livro bem poderia ser chamado *Livro dos sonhos yanomami*. Isso porque Kopenawa não cansa de evocar suas experiências oníricas para contar sua trajetória como xamã e líder político yanomami. É também evocando o sonhar que Kopenawa dá força a sua contra-antropologia: os brancos, ele repete, são aqueles que "só sonham consigo mesmos", que dormem em "estado de espectro", como um "machado no chão". Pesados, presos às próprias histórias pessoais, eles não viajam longe, não fazem do sonho um instrumento de conhecimento sobre o mundo.

3 Karen Shiratori, *O acontecimento onírico ameríndio: O tempo desarticulado e as veredas dos possíveis*. Dissertação de mestrado. Programa de Pós-Graduação em Antropologia Social. Rio de Janeiro: Museu Nacional/UFRJ, 2013.

Entre os Yanomami, vale ressaltar, sonhar é algo que passa por um aprendizado. Todos sonham, mas apenas alguns detêm controle de seu sonhar. Xamãs, por definição, são aqueles que sabem a um só tempo sonhar e falar (cantar); podem, assim, extrair consequências sociais e políticas de sua atividade onírica. Limulja deixa claro que a distinção entre xamãs e "comuns" é menos de natureza que de grau: a capacidade de sonhar distribui-se horizontalmente, mas apenas alguns vão aprimorá-la, convertê-la em afiada ferramenta ontoepistemológica.

A discussão em torno do valor que os Yanomami atribuem à narração dos sonhos é outro ponto alto do livro. Seja para parentes, no momento do despertar, seja em ocasiões públicas, o sonho tem lugar nos discursos políticos: ele está presente na fala dos homens importantes (*hereamu*), nos diálogos cerimoniais intercomunitários (*wayamu* e *himu*), e também nos rituais funerários (*reahu*). Conta-se comumente o que foi visto e vivido no sonho, pois isso pode implicar o destino de outra pessoa, de um grupo de pessoas ou mesmo de toda a comunidade. Conta-se a experiência visando a uma resposta, a uma atitude.

O interesse de Limulja não está tanto no "significado" dos sonhos – na interpretação que os Yanomami fazem deles – mas sim naquilo que os Yanomami podem *fazer* com eles. Sua análise desliza para o polo da pragmática. Tomados como acontecimento, algo que realmente se deu ou que está em curso, os sonhos requerem condutas, cuidados. Se sonhar com um facão jogado no chão pode anunciar um iminente ataque de cobra venenosa (eis uma interpretação recorrente), isso exige que sejam tomadas providências, por exemplo, desistir de uma caçada ou se proteger fazendo uso de determinadas plantas.

O nome do livro, *O desejo dos outros*, diz respeito ao campo de interação propiciado pelos sonhos. Ao transitar por outros espaços-tempo, o sonhador torna-se vulnerável à sedução de diferentes subjetividades que permanecem invisíveis para ele durante a vigília. Ele se vê como *presa*, podendo ser atraído e capturado por seres de natureza diversa, que passam a desejá-lo e que o querem por perto. Dentre eles, estão os mortos (*pore pë*), que vivem nas costas do céu (*hutu mosi*) e que, por sentirem saudades, podem cooptar os vivos a viver junto a eles. Se o sonho é, nos termos yanomami, uma "pequena morte", é verdade também que ele sempre encerra o risco de uma morte mais radical, irreversível. Sonhar pode ser muito perigoso.

O último capítulo, "O mito reencontrado", certamente há de inspirar novas reflexões. Limulja revisita diferentes análises da mitologia yanomami para concluir que a maior parte delas passa rápido demais pela pista de que os mitos foram sonhados por seus narradores ou então de que eles evocam ações realizadas em sonhos. Os xamãs com quem a autora conversou ressaltam esse ponto. Nesse sentido, mitos só poderiam ser contados porque foram de alguma maneira sonhados. A cada sonho, o mito é como que atualizado pela experiência efetiva de seu narrador. Isto é, todo mito seria o sonho de alguém, no sentido de que foi experimentado por alguém. Essa discussão lança nova luz no conceito lévi-straussiano e estruturalista de "transformação": os mitos yanomami se transformam ao serem (re)contados, pois são efetivamente experimentados, vividos pelos xamãs. A maneira pela qual os xamãs yanomami experimentam o mito no espaço-tempo do sonho revela-se um dos elementos-chave para se compreender a variação mitológica. Em suma, xamãs criariam repertórios míticos por meio de seus sonhos, concebidos, vale enfatizar, como verdadeiros acontecimentos.

Com os Yanomami – aprendemos com Limulja –, a separação entre mito e sonho, social e mental, coletivo e individual deixa de fazer sentido. Na esteira de Félix Guattari,[4] caberia

---

4 Félix Guattari, *As três ecologias* [1989], trad. Maria Cristina F. Bittencourt. Campinas: Papirus, 1990.

acrescentar que o sonhar yanomami articula não apenas o social e o mental, mas também ambos à esfera ambiental. Afinal, o espaço-tempo a que o sonhar tem acesso é também o de uma Terra plenamente animada e composta dos mais diversos seres, que permanecem invisíveis a olhos nus. Guattari já alertava que a separação rígida entre o mental, o social e o ambiental resulta de um regime de subjetivação capitalista. Regime que pode ser subvertido por um pensamento ecosófico, pensamento capaz de "descolonizar o inconsciente", para tomar emprestado uma expressão de Suely Rolnik.[5] A atenção ao sonhar yanomami, que a leitura deste livro proporciona, permite a consideração de outros modos de habitar e conhecer o mundo, modos que não passam pela hierarquia ontológica ditada pelo Antropos ocidental, moderno e capitalista, mas que pressupõem a interação entre diferentes sortes de subjetividade, humana e mais que humana.

O argumento de que o sonho pode ser um instrumento para "adiar o fim do mundo", adiar a "queda do céu" – tema urgente de pensadores indígenas contemporâneos como Ailton Krenak e Davi Kopenawa – é também um chamado de resistência. Resistência contra a destruição de um modo de conhecimento (e de vida) que passa pela interação diplomática entre sujeitos de diferentes naturezas, sempre implicando um "sair de si", uma abertura. Resistência, enfim, contra a destruição da Terra – não a Terra como um conjunto de recursos capaz de ser apropriado pelo Homem, mas a "terra-floresta" (*urihi a*) de que fala Kopenawa, terra senciente, atravessada por espaços-tempo divergentes, que precisa ser sonhada para ser acessada e então, quem sabe, curada. É porque sonham que os Yanomami resistem, insistem em existir num planeta marcado pelo signo da destruição, do desalento, da *xawara*.

---

5 Suely Rolnik, *Esferas da insurreição: Notas para uma vida não cafetinada*. São Paulo: n-1 edições, 2018.

Ler o livro sonhado de Hanna Limulja é também retomar a potência onírica que foi subtraída pelo Ocidente moderno, é tomar parte na necessária transformação dos modos de habitar a Terra.

8 de março de 2022.

RENATO SZTUTMAN é mestre (2000) e doutor (2005) em antropologia social pela Universidade de São Paulo (USP). Em 2015, realizou pós-doutorado no Departamento de Filosofia da Universidade de Paris Ouest Nanterre (Paris X). Desde 2008 é professor do Departamento de Antropologia da Faculdade de Filosofia, Letras e Ciências Humanas (FFLCH) da USP. Atualmente, coordena o Centro de Estudos Ameríndios (CEStA-USP).

APRESENTAÇÃO

Este livro é fruto da pesquisa que realizei entre os Yanomami da comunidade do Pya ú, região Toototopi, que compartilharam comigo seus sonhos, mitos e vidas, e com os quais convivi por um período de quase um ano, entre novembro de 2015 e fevereiro de 2017.

Mas, no mundo em que nos encontramos hoje, por que falar dos sonhos yanomami? Primeiro, porque os Yanomami *ainda* estão vivos, a despeito de pandemias e guerras que os atingem de tempos em tempos. Segundo, porque é por meio de seus sonhos que eles fazem política, como diria o líder e xamã yanomami Davi Kopenawa. E mais do que nunca é preciso aprender a fazer política como e com os Yanomami. Isso implica reconhecer que tudo o que existe merece consideração e implica não sonhar consigo mesmo, como fazem os brancos. Para fazer política, o outro é preciso e é preciso ter cuidado, no sentido de cuidar, de pensar no outro.

Segundo Kopenawa, política para os Yanomami "são as palavras que escutamos no tempo dos sonhos e que preferimos, pois são nossas mesmo" (Kopenawa & Albert 2015, p. 390). Já para os brancos (*napë pë*), ela se constituiria de "falas emaranhadas", "palavras retorcidas daqueles que querem nossa morte para se apossar de nossas terras" (p. 390). Aqui o líder yanomami se refere aos políticos que muitas vezes estão envolvidos na exploração ilegal das terras indígenas. No caso yanomami, o garimpo é a maior ameaça que esse povo vem enfrentando.

No decorrer da pesquisa, registrei os sonhos de crianças, moças, jovens, homens, mulheres, anciões, pessoas que versavam sobre os mais variados temas: caçadas, festas, mitos, sonhos com parentes mortos ou ausentes, com lugares distantes ou desconhecidos. Veremos alguns desses sonhos e sua relação com o pensamento e o modo como os Yanomami conhecem o mundo.

Entre as pessoas com quem eu conversava, havia uma mulher que raramente me contava seus sonhos. Dizia que não sonhava, ou que tinha medo ou vergonha de me falar de seus sonhos. Um dia, porém, ela me chamou, e com um sorriso tímido relatou um pouco de sua história.

Leda é casada, mãe de quatro filhos, dois meninos e duas meninas. Disse que é sozinha, que não tem pai nem mãe e que não tem parentes. Os seus foram mortos e ela sonha com eles constantemente. Quando acorda, sente saudade e tristeza e se lembra de que está só, apesar do marido e dos filhos.

Ela não é do Pya ú e nem pertence a nenhuma comunidade que faz parte das relações de trocas e alianças que interligam as malocas da região do Tootototi. Seus parentes eram da comunidade Haximu, do lado da Venezuela.

Em 1993 um grupo de garimpeiros atacou Haximu, provocando a morte de dezesseis yanomami, sem poupar crianças, mulheres e idosos. Os sobreviventes, dentre os quais estavam duas meninas, uma de seis e outra de sete anos – Leda e sua irmã Marisa – caminharam até a região do Tootototi, onde puderam contar o que havia acontecido no meio da floresta. A história do massacre foi parar nos principais jornais do país e do mundo.

As duas meninas cresceram no Pya ú, casaram e tiveram filhos. Marisa já é avó. Depois de conhecer a história de Leda, consigo entender por que ela se sente sozinha e por que sonha tanto com os parentes assassinados no massacre de Haximu.

Haximu[1] foi o primeiro genocídio reconhecido pela Justiça brasileira. E, se trago a história de Leda agora, é porque não po-

---

[1] Para uma versão detalhada do que foi o massacre de Haximu e seus desdobramentos, ver Jan Rocha, *Haximu: O massacre dos Yanomami e as*

demos perder de vista que os sonhos das pessoas que aparecem neste livro estão ameaçados, porque a floresta e, portanto, a própria existência dessas pessoas está sob forte ameaça. Tampouco podemos ignorar o massacre de Haximu e outros tantos que podem estar em curso neste exato momento, no meio da floresta yanomami, talvez sem uma Leda para nos dar notícia deles.

A Terra Indígena Yanomami foi demarcada há trinta anos. Hoje testemunhamos o pior momento da invasão garimpeira: a área total devastada pelo garimpo mais do que dobrou, ultrapassando 3 mil hectares nos últimos anos.[2]

Davi Kopenawa, cuja história de vida e de luta resultou na demarcação da TI Yanomami e na criação da Organização Yanomami Hutukara, entre outras conquistas, sofre até hoje ameaças de morte por defender a floresta e seu povo. Em uma conversa que tivemos antes de uma apresentação sobre sua autobiografia, *A queda do céu*, ele me confessou: "Eu não quero morrer como o Chico Mendes...". Nunca vou esquecer essas palavras. Para Kopenawa, Chico Mendes foi o branco que soube sonhar a floresta.

Apresento os sonhos yanomami às pessoas que nunca sonharam a floresta e que talvez nunca tenham ouvido falar dos Yanomami. Para que conheçam um pouco de sua história, de sua vida, de seus pensamentos, e para que possam, por sua vez, sonhar com outro modo de ser diferente do nosso, e que por isso mesmo tem muito a nos ensinar.

Contam os Yanomami que *Omama*, o demiurgo, criou a árvore dos sonhos a fim de que os humanos pudessem sonhar. Quando

---

suas consequências. Rio Branco: Casa Amarela, 2007. Uma versão mais resumida, porém igualmente importante, está em Kopenawa & Albert 2015, Anexo VI, pp. 571-82.

2 Ver o relatório "Yanomami sob ataque: Garimpo ilegal na terra indígena yanomami e propostas para combatê-lo" (Hutukara 2022).

as flores dessa árvore desabrocham, os sonhos são enviados aos Yanomami. Este livro se oferece, em certo sentido e a seu modo, a ser lido como uma árvore dos sonhos com as flores ainda por desabrochar.

Algumas das flores da árvore criada por *Omama* desabrocharam em mim e nos sonhos que apresento, por isso não poderia deixar de dizer que algumas das ideias deste livro também foram sonhadas. Algumas por mim, outras pelos Yanomami. Espero que essas flores possam lançar sementes e germinar em outros solos, dando origem a novos frutos e, é claro, também a novos sonhos.

A PESQUISA

Ao longo do trabalho de campo, recolhi mais de cem sonhos registrados em língua yanomae,[3] totalizando mais de trinta horas de gravação. A transcrição desse material, realizada ainda em campo, rendeu mais de quinhentas páginas. Com o auxílio de Jairo, um jovem yanomami, e de Lourenço, um professor yanomami mais velho, que ressaltaram que aqueles sonhos eram de uma profundidade que apenas os xamãs conseguiam acessar, traduzi para o português apenas uma parte do material acumulado.

Há uma limitação inerente a toda pesquisa antropológica que se torna ainda mais evidente se o povo estudado fala uma

---

3 De acordo com a publicação mais atualizada sobre as línguas yanomami, seis línguas compõem a família linguística Yanomami no Brasil: 1) Yanomam, Yanomae, Yanomama ou Yanomami; 2) Yanomamɨ ou Yanomami; 3) Sanöma; 4) Ninam; 5) Yaroamë e 6) Yãnoma, divididas por sua vez em dezesseis dialetos (Ferreira; Senra; Machado, 2019). A língua falada pelos Yanomami do Pya ú é o Yanomae (1); e os termos descritos no dicionário de Lizot (2004), citados ao longo deste livro, corresponderiam ao Yanomamɨ (2). Um yanomami pode se autorreferenciar como sendo yanomae, yanomami etc., de acordo com a língua que fala.

língua diferente da dos antropólogos: conscientes dos limites do nosso conhecimento, eles nos respondem aquilo que queremos ouvir – estratégia mais do que legítima para se livrar do assédio das nossas perguntas sem-fim. Nossos interlocutores, bem mais perspicazes do que nós, compreendem-nos muito antes do que nós pensamos compreendê-los; portanto, contam somente aquilo que acreditam sermos capazes de compreender. Com o passar do tempo, percebi que as melhores respostas são aquelas que provêm das perguntas que não fazemos.

Os sonhos incluídos aqui são entremeados de relatos espontâneos de momentos vividos em campo, que trouxeram elementos importantes para minha investigação, uma vez que, como em toda etnografia, o que meus interlocutores relatavam espontaneamente era sempre muito mais interessante do que qualquer resposta a uma pergunta que eu lhes pudesse ter feito.

O ENCONTRO

Em julho de 2008 tive meu primeiro contato com os Yanomami ao ser contratada para trabalhar como assessora pedagógica de campo dentro de um Projeto de Educação Intercultural desenvolvido pela Comissão Pró-Yanomami (CCPY), organização não governamental criada nos anos 1970 para a defesa dos direitos desse povo, sobretudo a demarcação de sua terra, que viria a ocorrer em 1992. Em 2009 a CCPY foi absorvida pelo Instituto Socioambiental (ISA).

Meu trabalho consistia em realizar, com as demais assessoras, a formação dos professores yanomami no curso de magistério indígena, ao fim do qual eles voltariam para lecionar nas escolas de suas comunidades. Também acompanhávamos as escolas nas comunidades yanomami, em etapas que duravam de um a dois meses em campo. O trabalho ao longo dessas entradas nas comunidades consistia em assessorar os professores yanomami, promover cursos e coletar informações referentes ao censo escolar, que depois eram encaminhadas para a Secretaria Estadual de Educação de Roraima. Por meio desse trabalho, em que estive empenhada até 2010, conheci várias regiões da Terra Indígena Yanomami e entrei em contato com a língua yanomae, na qual me aprofundei quando retornei para realizar minha pesquisa de campo do doutorado.

Em 2011 fui para a Venezuela trabalhar com outra ONG, também para assessorar escolas yanomami do outro lado da fronteira. Fiquei até 2012, quando decidi voltar para a academia.

O tema dos sonhos surgiu quando eu ainda trabalhava nessas ONGs. Durante meu tempo em campo, eu sonhava intensamente. Nos sonhos, quase sempre relacionados aos mortos, eu em geral me via em situações inusitadas. Foi então que comecei a comentá-los com Davi Kopenawa, que sempre tinha uma explicação para eles.

Também passei a sonhar com os Yanomami durante o tempo em que estive em Boa Vista, Roraima, para onde me mudei quando fui trabalhar na CCPY. Certa vez sonhei que Davi Kopenawa estava em frente ao portão da Hutukara, associação yanomami criada em 2004. Ele levava uma bolsa cuja alça cruzava o peito e suas mãos estavam apoiadas na cintura, para que ninguém pudesse passar. Como de costume, quando nos vimos, comentei meu sonho. Ele sorriu e, como sempre, esclareceu-me: "Você sonhou isso porque é verdade. Foi lá na entrada da Hutukara que eu deixei a minha imagem (*utupë*) para proteger a terra yanomami".

Outra vez sonhei com um professor yanomami que se afogava no rio Branco. Quando cheguei ao trabalho, encontrei-o e lhe contei o sonho com cuidado e sem mencionar diretamente sua morte. Ele me olhou em silêncio e não disse uma palavra. Ao fim do dia, uma colega me avisou que esse mesmo professor não deixara sua rede em momento algum. Voltei a conversar com ele e tentei persuadi-lo a não levar tão a sério o que eu lhe dissera, afinal era apenas um sonho. Mas ele se zangou e pediu que o deixasse quieto. Obedeci.

Muito mais tarde, lembrei-me de um acontecimento que marcou minha primeira entrada em campo, em julho de 2008. Estava na região do Papiú, na comunidade do Herou, onde os Yanomami esperavam visitantes para uma grande festa. O garimpo devastara a região, afetando consideravelmente o ambiente e a organização das comunidades. A comida era escassa; havia apenas carne moqueada, resultado da caçada coletiva que os Yanomami tinham feito por ocasião da festa e que só seria repartida ao fim da celebração. Os demais assessores e eu não havíamos levado comida suficiente, de modo que passamos um dia inteiro à base de uma lata de sardinha repartida entre os três. Na manhã seguinte, enquanto preparávamos mingau, atravessei a maloca para buscar açúcar; no meio do caminho minha visão escureceu, mas achei normal, já que as malocas dessa região são menores e têm o teto todo fechado, vedando a luminosidade. Ao caminhar, tropecei na lenha de alguém e, sem me dar conta, comecei a desmaiar. Antes de cair no chão, senti segurarem meu braço esquerdo. Quando dei por mim, estava na minha rede, com um xamã cantando com as mãos em cima de mim. Trouxeram-me às pressas um mamão, que devorei vorazmente, e depois me traduziram o que o xamã dizia: eu estava sonhando demais, por isso tinha ficado fraca.

Esses foram apenas alguns dos inúmeros momentos que me despertaram para a importância do sonho para os Yanomami. Em razão disso, comecei a me interessar pelo tema. Para minha surpresa, só encontrei referências esparsas: se para os Yanomami o sonho parecia ter um lugar tão fundamental, como é que nos estudos realizados até então não havia quase nada a respeito?

Até que li *A queda do céu* – com um deleite que nem sei como descrever. Era a primeira vez que me deparava com um livro sobre os Yanomami cujas referências aos sonhos não apenas eram inumeráveis como praticamente atravessavam toda a narrativa e, num certo sentido, a ultrapassavam. As notas desse livro – que constituem, por si só, um outro livro – serviram de fonte fundamental para validar os dados que apresento ao longo deste trabalho.

OS YANOMAMI DO PYA Ú

Toototopi é uma região localizada na Terra Indígena Yanomami,[4] próxima à fronteira com a Venezuela e cortada pelo rio Toototopi. Na ocasião da minha pesquisa de campo essa região era formada por dez comunidades[5] ligadas por laços de parentesco e que se visitam regularmente durante as festas intercomunitárias (*reahu*).

[4] Os Yanomami ocupam uma região que se estende pelo interflúvio Orinoco-Amazonas, localizada na fronteira do Brasil com a Venezuela, em um território de 23 milhões de hectares de floresta tropical contínua. Do lado do Brasil, a Terra Indígena (TI) Yanomami soma 9.664.975 hectares, com uma população de aproximadamente 22 mil pessoas, distribuídas em 258 comunidades (ISA 2014).

[5] Um ano depois da minha última estada em campo, em fevereiro de 2017, os Pya ú *thëri* entraram em conflito com uma comunidade yanomami localizada do lado venezuelano da fronteira. Após uma série de episódios, eles se mudaram para a região do Xihopi, próximo ao rio Mapulau, e atualmente constituem a comunidade Kawani. Naquela ocasião o Pya ú era constituído de duas malocas, distantes uma da outra por uma breve caminhada de menos de um quilômetro.

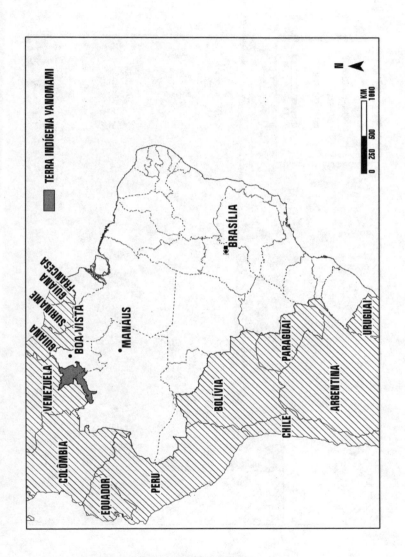

FIGURA 1 - REGIÃO DO TOOTOTOPI E SUAS COMUNIDADES
Mapa elaborado por Estêvão Benfica Senra (2022).

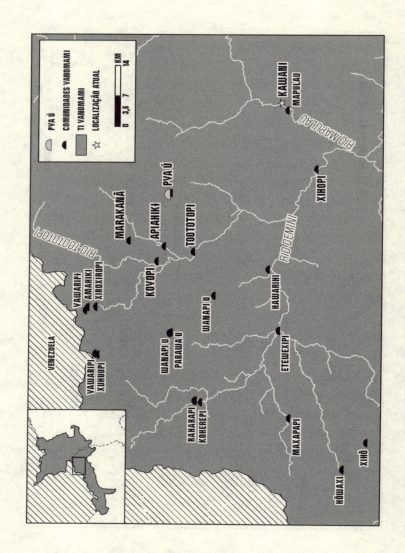

FIGURA 2 – LOCALIZAÇÃO DA COMUNIDADE DO PVA Ú NA TERRA INDÍGENA YANOMAMI
Mapa elaborado por Estevão Benfica Senra (2022).

Quando conduzi minha pesquisa, a região contava com uma população de 748 pessoas (Sesai 2017). A comunidade do Pya ú, com 154 habitantes, representava a maior maloca da região. Cheguei a ela pela primeira vez em 2009, como assessora de campo do ISA.

Naquela época o Pya ú era a comunidade mais afastada da pista de pouso e pertencia ao Polo Base Toototopi,[6] a cerca de quatro horas de caminhada. Por isso era raro a equipe de saúde visitar essa maloca. Os Yanomami também não costumavam ir à cidade de Boa Vista e, com exceção dos professores e dos agentes de saúde, eram poucos os que falavam português. Entretanto, nos últimos anos uma pista de pouso e um posto de saúde foram construídos nos arredores, alterando sensivelmente o contexto que eu conhecera. Apesar de as saídas para a cidade terem se tornado mais frequentes, a maior parte dos Yanomami continua sem falar português, e seu contato com Boa Vista vai pouco além da Casa de Saúde Indígena (Casai) e dos hospitais para onde são levados quando têm algum problema de saúde.

O RETORNO

No dia 16 de setembro de 2015, cheguei a Boa Vista e iniciei uma série de contatos a fim de conseguir carona para a região onde realizaria minha pesquisa. Durante o tempo em que permaneci na cidade, preparei-me para entrar em campo providenciando *matihi pë* (mercadorias para troca) e a alimentação necessária para essa primeira etapa. Só consegui entrar na comunidade do Pya ú no dia 22 de outubro de 2015. Ao todo foram três entradas

---

6 A atenção primária à saúde das populações indígenas dentro de seus territórios está organizada em polos base. A TI Yanomami possui 37 polos base que atendem 336 comunidades yanomami; um deles é o polo base Toototopi.

FIGURA 3 – COMUNIDADE DO PYA Ú (FEV. 2017) [ARQUIVO PESSOAL]

que ocorreram entre outubro de 2015 e fevereiro de 2017, totalizando onze meses em campo.

Quando cheguei ao Pya ú, a casa grande já não era mais a mesma: a que eu conhecera em 2009 não existia mais, fora derrubada por uma tempestade. A nova casa havia sido erigida nas redondezas da antiga. Abriram a facão uma pista de pouso e solicitaram a construção de um posto de saúde.

Cheguei no início da estação seca (outubro a março) e o rio estava completamente seco. A água para banho e consumo vinha de uma pequena fonte que, ao longo dos meses seguintes, desapareceu quase por completo.

Uma das mudanças no Pya ú dentre as que ocorreram durante o período em que não estive lá foi o consumo do caxiri. Pelo menos uma vez por semana, os homens e/ou as mulheres se reúnem na frente da casa de quem oferece a macaxeira para preparar a bebida fermentada e compartilhá-la depois de alguns dias. Diferentemente dos lugares onde o consumo do caxiri já acontece há bastante tempo, como na região do Papiú, Kayanaú e Catrimani, no Pya ú não é todo mundo que toma, e talvez por isso não ocorram tantas brigas ou discussões mais sérias. Aqueles que não bebem e que têm uma opinião negativa sobre a bebida são os que costumam apartar as brigas e acalmar os ânimos daqueles que se embriagam.

ABORDAGEM DOS SONHOS

Quase um mês depois de minha chegada, fiz uma reunião com toda a comunidade para apresentar minha pesquisa e explicar a razão da minha permanência entre eles. Depois de um tempo, passei a visitar as pessoas pela manhã e a perguntar sobre seus sonhos: foi a porta de entrada para iniciar o trabalho. As pessoas foram, de modo geral, bastante receptivas às minhas investidas, sobretudo aquelas que já tinham alguma consideração por mim e que se lembravam da época em que eu ainda trabalhava no ISA. Fátima, uma das mulheres que me contaram seus sonhos, instava os outros membros da família a fazer o mesmo. Segundo ela, todos os seus filhos sonhavam, pois falavam enquanto dormiam. Seu marido, Ari, um dos melhores caçadores do Pya ú, também sonhava muito.

Embora sua filha mais velha, Evelyn, reconhecesse que sonhava, dizia que eu chegava muito tarde para perguntar sobre os sonhos dela. Eu deveria aparecer por volta das seis da manhã, ela recomendava, momento em que as pessoas ainda estavam em suas redes, com maiores chances, portanto, de se recordar de seus sonhos. Eu passava em torno das sete horas e já me sentia bastante constrangida em abordar as pessoas; por outro lado, era uma ótima ocasião para participar do desjejum de cada família, que variava de acordo com o que havia na roça ou com a caça do dia anterior, podendo haver banana assada, milho, macaxeira, com sorte uma costela de queixada assada... Comecei a ir cada vez mais cedo, e já que chegava praticamente no momento em que elas estavam acordando, até imaginei que em algum momento eu começaria a figurar nos sonhos das pessoas, o que de fato chegou a acontecer.

Os Yanomami que me contavam seus sonhos eram majoritariamente homens mais velhos. Os jovens quase nunca o faziam, e isso lhes rendia duras recriminações dos mais velhos, que diziam que eles tinham vergonha de falar, mas que certamente sonhavam. Depois de três semanas eu havia registrado mais de cem sonhos. Foi quando decidi modificar essa abordagem e tentei "ver" os sonhos no cotidiano yanomami.

CAPÍTULO 1

A GESTA DE KOPENAWA

Acho que vocês deveriam sonhar a terra,
pois ela tem coração e respira.
— DAVI KOPENAWA, entrevista a F. Watson, jul. 1992.

Quando ainda era criança e morava na casa de Marakana, no rio Toototopi, Davi Kopenawa sonhava com seres que não conhecia. Eles se aproximavam devagar, envoltos numa luminosidade ofuscante, todos belamente pintados de urucum e enfeitados com penas de pássaros. Kopenawa contemplava aquele espetáculo em seu sonho ao mesmo tempo que o temia – nunca havia visto aqueles seres. À noite, aterrorizado, chorava, gritava e chamava por sua mãe, que o acalmava: "Não chore. Você não vai mais sonhar, não tenha medo. Agora, durma sem chorar. Acalme-se" (Kopenawa & Albert 2015, p. 89). Mas esses sonhos perduraram por toda a sua infância, até a juventude.

Em seus sonhos, Kopenawa sobrevoava a floresta; seus braços se transformavam em asas, grandes como as de uma arara vermelha. Do alto, ele contemplava a paisagem. Mas, quando menos esperava, despencava no vazio e acordava em pânico, chorando. Nesses voos oníricos, eram os espíritos *xapiri pë* que carregavam sua imagem para bem alto no céu. É isso que esses espíritos fazem quando querem que uma criança se torne xamã. É por isso que as crianças gritam à noite, pois veem os *xapiri pë* em seus sonhos (p. 90).

Antigamente esses seres não existiam; foram criados por *Omama*, o demiurgo, a pedido de sua esposa, Thuëyoma. Após terem procriado, a mulher perguntou ao marido: "O que faremos para curar nossos filhos se ficarem doentes?". *Omama* se pôs a pensar, mas não sabia o que fazer. Foi então que Thuëyoma disse: "Pare de ficar aí pensando, sem saber o que fazer. Crie os *xapiri*, para curarem nossos filhos!". *Omama* concordou e deu origem a esses espíritos (p. 84).

Kopenawa sentia que os *xapiri pë* amarravam as cordas da rede dele bem alto no céu e desciam por elas para se aproximar e fazê-lo ouvir seus cantos (p. 90). Também sonhava com animais que o perseguiam pela floresta, dos quais ele fugia correndo. E de repente seus braços se transformavam em asas e ele levantava voo. Sonhava também com os inimigos próximos da casa. Pintados de preto, eles flechavam os Yanomami. Ao ver a cena, Kopenawa se punha em disparada e era acossado por eles na floresta, até que conseguia subir no alto de um morro e saltar, alçando voo (p. 92).

Todas essas imagens que via dormindo eram os *xapiri pë*, que o observavam e se interessavam por ele. Naquela época Kopenawa não entendia e sentia muito medo. Só bem mais tarde, quando se tornou xamã e provou o pó da *yãkoana*,[1] pôde compreender: os *xapiri pë* desejavam que ele se tornasse xamã – e por essa razão apareciam em seus sonhos (p. 93):

> Naquele tempo, os espíritos vinham me visitar o tempo todo. Queriam mesmo dançar para mim; mas eu tinha medo deles. Esses sonhos duraram toda a minha infância, até eu me tornar

---

[1] A *yãkoana* é um pó psicoativo que resulta de um processo meticuloso de extração, secagem e pulverização da resina da casca de uma árvore (*Virola elongata*); pode ainda ser misturada a folhas secas e cinzas do fogo extinto para potencializar seu efeito. Para uma descrição mais detalhada das substâncias que podem compor a *yãkoana* e de seus efeitos, ver Albert & Milliken 2009, pp. 114–16.

adolescente. Primeiro, eu via a claridade cintilante dos *xapiri* se aproximando, depois eles me pegavam e me levavam para o peito do céu. [...] Os *xapiri* não paravam de carregar minha imagem para as alturas do céu com eles. É o que acontece quando eles observam com afeto uma criança adormecida para que se torne um xamã. (pp. 89–90)

Assim ele foi crescendo; durante a juventude, passava muito tempo na floresta, caçando. Seus sonhos continuaram, e os *xapiri pë* sempre vinham visitá-lo. Esses espíritos não costumam aparecer para os jovens caçadores que, em vez de se abster de comer a própria caça e oferecê-la às outras pessoas da maloca,[2] alimentam-se dela; eles tampouco se aproximam daqueles que começam a ter relações sexuais muito cedo. Os que fazem isso não sonham e tampouco se tornam bons caçadores. Por outro lado, os rapazes que andam sempre pela floresta começam a sonhar com os *xapiri pë*, e estes se apaixonam por eles (p. 95).

Foi sonhando que Kopenawa se tornou um bom caçador, pois antes de encontrar sua caça já havia visto a imagem desses animais em sonho. Depois que passou a trabalhar para os brancos na floresta, que o fizeram comer de sua própria caça, ele perdeu sua habilidade de caçador (p. 99).

Os *xapiri pë* que Kopenawa via em sonhos desde a infância são em sua maioria os *yarori pë*, ancestrais humanos que tinham nome de animais e estavam sempre se transformando. Eles deram origem aos animais de caça que hoje os Yanomami flecham e comem, os *yaro pë*. Mas apenas sua pele (*siki*) se

---

2 Um caçador que come a própria caça corre o risco de se tornar um mau caçador (*sira*). Dentro da lógica da reciprocidade que permeia as relações yanomami, assim como as do mundo ameríndio de maneira geral, aquele que come da própria caça não estabelece relações de troca. Ser *xiimi* (sovina) é uma das piores ofensas para um yanomami.

transformou em animal de caça – sua imagem (*utupë*) deu origem aos espíritos auxiliares, *xapiri pë*. Quando Kopenawa foi iniciado no xamanismo por seu sogro, os *xapiri pë* passaram a levar seu *utupë* para todos os lugares, e ele pôde então contemplar os seres do primeiro tempo. Foi só depois de experimentar a *yãkoana* que passou a sonhar de verdade (p. 103). Sob efeito do pó durante o dia, Kopenawa morre e seu espectro é carregado pelos seus *xapiri pë*, que o levam em todas as direções para conhecer coisas desconhecidas. Tudo que existe na floresta possui uma imagem *utupë* e são essas imagens que os xamãs fazem descer (p. 116).

Enquanto os *xapiri pë* carregam Kopenawa, seu corpo permanece deitado na rede; apenas seu *utupë* segue viagem. Ele diz que a *yãkoana* ingerida durante o dia e o sonho à noite são a forma como os xamãs aprendem. *Yãkoana* e sonho estão intimamente relacionados. O xamanismo que praticam durante o dia se faz sentir nos sonhos que avançam noite adentro. Os *xapiri pë* continuam cantando durante a noite. Eles se aproximam de seu pai e dizem: "Não adormeça! Responda, não seja preguiçoso! Senão, vamos abandoná-lo!". É graças à *yãkoana* que os xamãs podem conhecer a imagem de todos os seres. De outra forma, só seriam capazes de sonhar consigo mesmos (p. 137).

Kopenawa descreve seus voos pelas costas do céu, *hutu mosi*, lugar onde vivem os mortos. Também descreve o mundo subterrâneo dos *aõpatari* (p. 98). Consegue vislumbrar o *Në roperi*, o espírito da fertilidade; parecido com um humano, apenas os xamãs conseguem vê-lo. Quando ele chega dançando, belamente enfeitado, traz às costas os alimentos da floresta. Kopenawa vê sua imagem após ter bebido *yãkoana* durante o dia e continua a vê-lo durante o tempo do sonho (p. 209).

De dia, os *xapiri pë* dormem. Para eles a tarde corresponde ao alvorecer – e é quando eles despertam. Enquanto os Yanomami dormem à noite, os espíritos brincam e dançam na floresta; para eles é dia. Eles são muitos e imortais, e, se não fosse pela *yãkoana*, da qual se alimentam, jamais poderiam ser vistos por seus pais xamãs. E são magníficos: o urucum com o qual se pintam está sempre fresco, as linhas desenhadas sobre seus corpos são de um preto brilhante, e são extremamente perfumados (p. 112).

Quando aparecem para suas danças de apresentação, os *xapiri pë* lembram jovens convidados para uma festa *reahu*, mas são muito mais belos (p. 113), e então se instalam na casa do iniciado. A primeira morada deles é o peito do xamã – só depois é que vão morar nas costas do céu. Enquanto adentram a casa, seus passos fortes tocam o chão, criando um ritmo poderoso. Em meio à luz cintilante, o perfume do urucum que exala de seus corpos preenche todo o espaço (p. 161). "Na verdade, são as imagens deles, e as de seus espelhos, que moram no peito dos xamãs" (p. 165), esclarece Kopenawa.

Apenas os xamãs conseguem ver essas imagens; as pessoas comuns, não. Como estas não veem os espíritos em sonho, seu pensamento não se afasta muito e elas apenas se ocupam de suas caçadas, do trabalho na roça, das festas *reahu* (p. 168). Não conhecem as palavras da floresta, pois estão muito próximas dela (p. 157).

Os *xapiri pë*, além de curar os doentes, também tentam convencer os mortos a deixar os Yanomami em paz. Assim, quando os humanos morrem, seus espectros, saudosos dos parentes que ficaram na terra, sempre querem carregar os vivos com eles para viver nas costas do céu: "Os meus são tão poucos, têm tanta fome, nessa floresta infestada de epidemia *xawara* e de seres maléficos! Sinto muita pena deles! Tenho de ir depressa buscá-los!". É por isso que os Yanomami sonham com os parentes mortos. Kopenawa alerta para o perigo dessa aproximação: se os mortos não pararem de chamar os vivos, estes serão afetados pela saudade e podem acabar morrendo (p. 191).

É nesse momento que os xamãs pedem a seus *xapiri pë* que enviem os espectros dos mortos de volta para as costas do céu. E então eles intercedem: "*Ma*! Parem de descer! Fiquem longe de nós! Deixem-nos viver por um tempo aqui nesta floresta! Mais tarde vamos nos juntar a vocês! Não tenham tanta pressa em nos chamar para perto!". E os mortos respondem: "*Ma*! Vocês deveriam era ter pressa de voltar a nós!". Mas os *xapiri pë* insistem: "*Ma*! Não estamos sofrendo! Voltaremos a vocês, é claro! Mas sem pressa! Retornem para o lugar de onde vieram!" (p. 191).

É dessa forma que os *xapiri pë* fazem a mediação com os espectros, com o propósito de convencê-los a não mais importunar os Yanomami em seus sonhos. Kopenawa ouviu esse diálogo que descreve após ter tomado *yãkoana* e em seus sonhos. Se não fosse pela intervenção dos *xapiri pë*, os humanos morreriam o tempo todo, levados pela saudade que os mortos sentem deles. Ao contrário dos humanos, os espectros vivem muito tempo; sua floresta, que fica nas costas do céu, é cheia de árvores carregadas de frutos, e a caça é abundante (p. 207).

O trabalho dos xamãs, seja para curar um doente, seja para trazer a fertilidade para a floresta, não leva em conta o dinheiro. Eles trabalham apenas para que o céu fique no lugar, para que haja caça, para que os Yanomami possam cuidar de suas roças e ter uma vida saudável. *Omama* não ensinou palavras sobre o dinheiro. Os brancos, porém, pensam de outra forma: "Eles não sabem sonhar com os espíritos como nós", diz Kopenawa (p. 217).

Kopenawa conta que antigamente os *Napënapëri* também não existiam. Eles são os espíritos dos antigos brancos que vivem na floresta distante para onde *Omama* fugiu após sua morte. Os caminhos desses espíritos são fios de luz brilhantes e atravessam o céu durante a noite (p. 227). Os *Napënapëri* se parecem com os brancos, mas são muito mais belos.

Kopenawa adverte que eles não são humanos, são espíritos, mas são diferentes dos espíritos da floresta e dos ancestrais animais. Vestindo uniformes brancos e camisas compridas, usando óculos que parecem espelhos (p. 228), esses espíritos dos brancos são a imagem dos Hayowari *thëri*, um povo de ancestrais yanomami que foram carregados pelas águas e transformados em estrangeiros. Eles são ancestrais brancos que viraram outros e agora dançam para os xamãs yanomami, como espíritos auxiliares (p. 229). Kopenawa conta que às vezes os *Napënapëri* vêm visitá-lo "por conta própria" no tempo do sonho. Ele então os faz dançar em silêncio (p. 230).

Os *xapiri pë* dos xamãs viajam por lugares muito distantes, até o fim da terra e do céu, por isso os antigos conheciam o "grande lago" (o mar) que os brancos atravessaram, mesmo antes que eles pudessem alcançar a terra dos Yanomami. Os brancos, quando chegaram, disseram que a terra estava vazia. Muito antes de sua chegada, porém, os ancestrais e todos os povos da floresta já viviam aqui – assim conta Kopenawa (p. 253).

Então, um dia o povo de *Teosi* chegou à floresta e resolveu levar as palavras de *Sesusi* para os Yanomami.[3] Os missionários fizeram os xamãs parar de tomar *yãkoana*, e com isso eles deixaram de cantar e de fazer descer seus *xapiri pë* (p. 257).

Kopenawa lembra que os Yanomami tentavam falar com *Teosi*, mas nunca conseguiam vê-lo. Então veio a epidemia *xawara*;[4] e os xamãs trabalhavam o tempo todo, tentando segurar o peito do céu, que estava prestes a desabar sobre a terra. Kopenawa ficou muito doente e se recorda de ver em sonho o céu quase caindo (p. 266).

---

3 *Teosi* é corruptela de Deus, e *Sesusi*, de Jesus. Aqui Kopenawa se refere sobretudo às experiências que teve com os missionários evangélicos estadunidenses da New Tribes Mission (NTM – Missão Novas Tribos) que chegaram à região do Toototopi na década de 1960.

4 *Xawara* é uma denominação genérica para as doenças infectocontagiosas. Assim, a tuberculose, o sarampo, a malária e recentemente a covid-19 seriam exemplos de *xawara*.

Por intermédio dos brancos, a epidemia chegou até a floresta e matou muita gente. Kopenawa perdeu seu tio materno e depois sua mãe. Velhos, crianças, mulheres e homens morreram, todos devorados pela epidemia *xawara*. Ao contrário do que os missionários diziam, quando morrem, os Yanomami não vão viver junto de *Teosi*: eles vão morar nas costas do céu, onde a floresta é abundante e as festas *reahu* nunca acabam. É por essa razão que Kopenawa diz que sua tristeza diminuía quando pensava nos parentes que perdeu para a epidemia, pois sabia que eles deviam estar felizes, vivendo na floresta dos mortos, com todos os parentes falecidos (p. 268).

Da mesma forma, Kopenawa diz que, quando morrer, seu espectro vai estar feliz nas costas do céu, ao lado dos antigos xamãs mortos. "Os Yanomami são mais numerosos nas costas do céu do que aqui embaixo, na terra!", ele lembra (p. 276). Ainda hoje, quando os xamãs tomam *yãkoana*, eles não conseguem fazer dançar a imagem de *Teosi*; e Kopenawa diz que, embora tenha tentado se aproximar de *Teosi*, não conseguia falar com ele, "nem mesmo podia vê-lo em meus sonhos" (p. 280).

Após tantas mortes, Kopenawa decide deixar a floresta e ir trabalhar com os brancos, conhecer outras gentes, outros lugares. Começa a trabalhar para a Funai, ocupando-se no início de diversos serviços, que iam desde ajudar na cozinha do posto, cortar lenha, buscar água no rio, até mais tarde realizar expedições em outras regiões da TI. Depois vai para Manaus. Conhece outros lugares distantes de onde vivia e aos poucos vai percebendo a ofensiva dos brancos sobre a terra yanomami. Mas àquela época ele ainda era muito jovem e não entendia bem as coisas, não sabia como defender a floresta. Foi só depois, quando a rodovia Perimetral Norte já havia rasgado a floresta, que ele pensou direito e começou a sonhar cada vez mais com a floresta. Foi assim que as palavras de *Omama* cresceram e ficaram fortes dentro dele (p. 310).

Era durante o tempo do sonho ou sob o efeito da *yãkoana* que Kopenawa via os brancos destruindo a floresta (p. 327). Ele ficava angustiado e não sabia o que fazer. Depois de viajar com os brancos e ver a destruição causada pelos garimpeiros, Kopenawa passou a não dormir direito. Ficava pensando em todos os Yanomami que haviam morrido de malária, na floresta doente. Quando conseguia dormir, sonhava que os garimpeiros queriam atacá-lo, pois sabiam que ele queria retirá-los da terra yanomami. Mas, graças a seus *xapiri pë*, ele conseguia se livrar desses garimpeiros que o perseguiam em seus sonhos (p. 349).

Kopenawa lembra que nessa época os brancos haviam acabado de matar Chico Mendes, que defendia a floresta contra os fazendeiros, por isso ele ficava sempre alerta. Mas também pensava que, se morresse, seu tormento acabaria, pois passaria a viver com os espectros nas costas do céu (p. 351).

Quando viu os brancos destruírem a floresta em busca de ouro, Kopenawa tentou entender o que eram essas coisas que ficavam embaixo da terra e que os brancos tanto desejavam. Até que os *xapiri pë* lhe mostraram sua origem no tempo do sonho. Foi assim que ele descobriu que aquilo que os brancos chamam "minério" são pedaços do céu, da lua, do sol e das estrelas que caíram no primeiro tempo. Foi durante o sonho que Kopenawa conseguiu ver os brancos trabalhando com esses minérios (p. 357). Foi também durante um sonho que ele viu pela primeira vez o pai do ouro e dos outros minérios: Kopenawa estava doente de malária e sua imagem foi levada pelo espírito da terra, *Maxitari*, até o mundo subterrâneo (p. 361).

Com o intuito de falar para os brancos sobre as ameaças que seu povo e a floresta estavam sofrendo, Kopenawa começa a viajar para várias cidades, inclusive fora do Brasil. Nesses lugares distantes e sob o efeito de alimentos desconhecidos, ele sonhava com seus espíritos *xapiri pë*, que ficavam aflitos com esses deslocamentos e lhe diziam em sonhos: "Onde é que foi parar nosso pai?

Vai acabar se perdendo! Que volte para nós bem depressa! Esses forasteiros de longe vão maltratá-lo! Ele vai ficar doente!" (p. 398).

Quando Kopenawa viaja para essa terra distante dos brancos, que chamam Europa, ele se dá conta de que já havia estado lá algumas vezes em sonho; contemplara a imagem dessas cidades. Quando despertava sem compreender o que via, perguntava para os xamãs de sua casa: "O que são essas coisas estranhas que me apareceram no sono? O que vai acontecer comigo?". Ao que eles respondiam: "*Ma*! Não fique aflito! Em breve, brancos vindos de terras distantes irão chamá-lo para perto deles. Devem estar falando de você, por isso você viu suas casas!" (p. 422).

Mas Kopenawa diz que nunca conseguiu dormir direito em todas essas cidades. Em Paris, ele se lembra do barulho e da agitação da cidade. Durante o dia, tinha de encontrar um monte de gente desconhecida e falar o tempo todo, mas pensava consigo mesmo: "É uma terra distante e são gente diferente, não se deve reclamar!". À noite, não conseguia dormir (p. 423). Certa vez, quando ainda estava em Paris, ele conseguiu enfim dormir; subitamente, sentiu-se tragado por um vazio. Embaixo de seus pés, a terra ia desmoronando, e a casa em que estava se desfazia. Foi quando ele começou a cair sem parar. Até que os *xapiri pë* que o acompanhavam seguraram a sua imagem e lançaram em cima dele um paraquedas de luz. Em seguida, *Omama* conseguiu agarrá-lo antes que ele se perdesse no mundo subterrâneo. Kopenawa acordou no meio da noite e não sabia onde estava. Desesperado, quase gritou de pavor, mas conseguiu se acalmar e aos poucos despertou. Após perceber as coisas a seu redor, pensou: *Oae! Ya temi xoa!*, "*Oae!* Ainda estou vivo!" (p. 424).

Nas noites seguintes, Kopenawa continuou a sonhar: percorria as montanhas altas onde se escondem os espíritos ancestrais dos brancos. Eram essas imagens que o encorajavam a falar para os brancos com firmeza. Mas, por causa do barulho de suas cidades, os brancos não sabem mais sonhar com esses espíritos (p. 424).

Em Nova York, Kopenawa se lembra de como os brancos viviam empilhados uns em cima dos outros, morando em um amontoado de montanhas de pedra. As pessoas andavam depressa, em todas as direções. Eram tantas que pareciam formigas. Quando ele dormia, da mesma forma que nas outras cidades por onde passara, sonhava com os espíritos dos antigos brancos (p. 431). Em Nova York, o que mais o assustou não foi a altura dos prédios, mas as coisas que apareciam em seus sonhos. Uma noite viu o céu pegando fogo por causa do calor da fumaça das fábricas: "Os trovões, os seres dos raios e os fantasmas dos antigos mortos estavam cercados de chamas imensas. Depois o céu começou a desmoronar sobre a terra com grande estrondo. Isso sim era mesmo assustador!". No sonho, esses seres tentavam curar o céu doente, tentando girar a chave da chuva. Kopenawa lembra que não contou seu sonho para ninguém, pois estava longe de casa e dos seus (p. 432).

Em outro momento, lembra que, ainda nessa cidade, certa noite, dormindo, ouviu estalos e estrondos do céu e acordou assustado. Pensou que estivesse em outra terra e que não podia ter medo. Aos poucos conseguiu se acalmar e ouviu a voz da imagem dos espíritos *Hutukarari*, que assim lhe diziam: "*Ma!* Não foi nada! Fiz isso para testar sua vigilância! Às vezes faço o mesmo para que os brancos me ouçam, mas não adianta nada! [...] eles permanecem surdos como troncos de árvore! Mas você me ouviu, isso é bom!" (p. 433).

Dessas viagens por lugares tão distantes, Kopenawa concluiu que a cidade não é um lugar bom para viver. Ele se queixa de nunca ter conseguido dormir bem nem sonhar direito ali, pois seu espírito não consegue se acalmar na cidade. Os brancos estão sempre com pressa, correndo de um lado para o outro, como formigas *xiri na*. Falam só de trabalho e do dinheiro que não têm, por isso a vida deles lhe pareceu triste (p. 436). Em suas cidades não é possível conhecer as coisas do sonho e os brancos têm o olhar fixo para aquilo que os cerca: as mercadorias, a televisão e o dinheiro (p. 438).

Os brancos também são tão apaixonados por suas mercadorias que elas até ocupam seus sonhos, por isso sonham com carros, casas, dinheiro e outros bens, sejam aqueles que já possuem, sejam aqueles que desejam possuir (p. 413). É por essa razão, explica Kopenawa, que os brancos não conseguem sonhar tão longe: "Os brancos, quando dormem, só devem ver suas esposas, seus filhos e suas mercadorias" (p. 462).

Dessa forma, Kopenawa explica que os brancos só fixam seus olhos sobre seus papéis; e, por isso, apenas estudam seu próprio pensamento e só conhecem o que está dentro deles. É por essa razão também que ignoram os pensamentos distantes de outras gentes e lugares (p. 455). Já as palavras dos *xapiri pë* são diferentes: elas vêm de longe e falam de coisas desconhecidas para as pessoas comuns. Com a *yãkoana*, os xamãs conseguem contemplar a imagem dos seres no tempo do sonho (p. 459). Assim, continua Kopenawa a respeito dos sonhos dos xamãs:

> As cordas de nossas redes são como antenas por onde o sonho dos *xapiri* desce até nós diretamente. Sem elas, ele deslizaria para longe, e não poderia entrar em nós. Por isso nosso sonho é rápido, como imagens de televisão vindas de terras distantes. Nós sonhamos desse jeito desde sempre, porque somos caçadores que cresceram na floresta. *Omama* pôs o sonho dentro de nós quando nos criou. Somos seus filhos, e por isso nossos sonhos são tão distantes e inesgotáveis. (pp. 460–61)

Kopenawa explica que, quando os xamãs tomam *yãkoana* durante o dia e à noite dormem em estado de espectro, os *xapiri pë* começam a descer em sua direção. "Não é preciso beber *yãkoana* de novo" (p. 461), esclarece. Na escuridão surgem os caminhos luminosos dos espíritos, cintilantes como o brilho da lua.

O corpo continua deitado na rede, mas a imagem e o sopro de vida vão junto com os *xapiri pë* e sobrevoam a floresta para bem longe. "O dia dos espíritos é nossa noite", lembra Kopenawa – e é por essa razão que eles podem se apossar dos xamãs durante o sono. "É esse, como eu disse, nosso modo de estudar" (p. 462).

Omama, que era um verdadeiro sonhador, foi quem criou *Mari hi*, a árvore dos sonhos, que ao florescer envia os sonhos para os Yanomami: "Foi assim que ele o pôs [o sonho] em nós, permitindo que nossa imagem se desloque enquanto dormimos" (p. 463).

Kopenawa conta que as pessoas comuns sonham apenas com coisas próximas: caçadas, pescarias, mulheres que desejam, parentes de outras comunidades, ou com os mortos. Embora a imagem delas saia de seus corpos como a dos xamãs, nunca consegue se afastar muito. "Entre eles, apenas os bons caçadores podem sonhar um pouco mais longe" (p. 462). Em relação aos sonhos dos xamãs, Kopenawa diz: "Se os *xapiri* não tivessem o olhar fixado em nós, não poderíamos sonhar tão longe. Apenas dormiríamos como lâminas de machado no chão da casa" (p. 463).

Sobre seus sonhos, Kopenawa conta que, enquanto os *xapiri pë* se apoderam de sua imagem, ele pode contemplar na noite as coisas que seus antepassados conheceram antes dele. Assim, é no sonho que ele pode ver *Omama* furando a terra com sua barra de ferro para fazer surgir os rios e todos os animais das águas. Também vê os antepassados acenderem grandes fogueiras para se esconder atrás da fumaça e copular, na época em que a noite ainda não existia (p. 464).

Quando os Yanomami querem conhecer as coisas, eles se esforçam para vê-las em sonho. Kopenawa diz: "Esse é o modo nosso de ganhar conhecimento. Foi, portanto, seguindo esse costume que também eu aprendi a ver" (p. 465). Por essa razão, os habitantes da floresta nunca se esquecem dos lugares distantes que visitam em sonho, e são as coisas que Kopenawa conhece em seus sonhos que ele tenta explicar para os brancos a fim de defender a floresta (p. 466).

Depois de ver seu povo morrer por causa das epidemias trazidas pelos brancos com a construção da Perimetral Norte, que atravessou a floresta, e mais tarde os milhares de garimpeiros que reviraram o chão da floresta e destruíram os rios em busca de ouro, Kopenawa entendeu que não adiantava defender apenas sua casa: era preciso falar para defender toda a floresta, inclusive a terra dos brancos (p. 482).

Muitos xamãs morreram devido às ofensivas dos brancos. Se os xamãs que restaram também morressem, Kopenawa pensava, o céu, que eles seguram sobre nossas cabeças, desabaria. É por essa razão que ele fala aos brancos, para que estes possam sonhar eles mesmos com essas coisas e perceber que, se os xamãs não forem ouvidos na floresta, os Yanomami não serão os únicos a morrer (p. 491). É com esse intuito que Kopenawa entrega suas palavras aos brancos, para que eles possam compreender que precisam sonhar mais longe e prestar atenção nas vozes dos espíritos da floresta (p. 498).

O relato de Davi Kopenawa em *A queda do céu*, que tentei resumir, demonstra a importância do sonho no pensamento yanomami. As referências aos sonhos e às reflexões oníricas são tantas que se poderia dizer que o livro é uma sorte de "livro dos sonhos yanomami", mas não do tipo de livro de significado dos sonhos que se encontra em bancas de jornal.

Refiro-me ao *Livro dos sonhos* de Jorge Luis Borges ([1976] 1985), que, embora não trate dos sonhos do autor, ainda que eles apareçam aqui e acolá, é uma compilação de uma história geral dos sonhos, "o mais antigo e não menos complexo dos gêneros literários" (p. 5). E assim Borges reúne um material heterogêneo – os sonhos proféticos das Escrituras, os sonhos alegóricos e satíricos da Idade Média, os sonhos de Lewis Carroll e Franz Kafka, entre outros. Tudo é sonho, embora o autor faça questão de diferenciar os sonhos inventados pelo sono daqueles inventados pela vigília (p. 5).

Já no livro dos sonhos de Kopenawa, as experiências descritas, ao mesmo tempo que são pessoais, evocam uma multiplicidade de vozes. Ora é o xamã quem fala, ora são os *xapiri pë*. Em outro momento, são os seres mitológicos: *Omama*, o demiurgo; Thuëyoma, a primeira mulher. Os espectros dos mortos, como sempre, também aparecem. Tudo que Kopenawa relata tem relação direta com o sonho, seja aquele experimentado durante a noite ou o decorrente das experiências xamânicas vividas durante o dia, sob o efeito da *yãkoana* – e aqui essa distinção pouco importa.

Borges procura dar atenção especial a um tipo de sonho, o pesadelo, e ao medo que ele causa no sonhador. Kopenawa, que sonhava com imagens de seres desconhecidos que o visitavam ainda na infância, começa a sonhar com os esplêndidos espíritos *xapiri pë*, que passa a reconhecer após sua iniciação xamânica. Quando conhece melhor o mundo dos brancos e se dá conta da destruição que atinge a floresta e seu povo, ele sonha com cenas apocalípticas, como o céu pegando fogo com labaredas enormes por causa da fumaça das fábricas na cidade. Sonha também com a guerra que os brancos fazem por causa do petróleo e com as bombas que jogam por toda parte, incendiando a terra e o céu (Kopenawa & Albert 2015, p. 443). Kopenawa não deixa dúvida: o pesadelo dos Yanomami somos nós, os *napë pë*.

É bom lembrar que *A queda do céu* é a compilação de um material que surgiu de conversas, relatos gravados ao longo de dez anos por Bruce Albert, o antropólogo que assina a coautoria do livro e que trabalha com os Yanomami desde a década de 1970. Entretanto, houve um evento que selou o pacto político e literário do antropólogo com Kopenawa (p. 531). O xamã lhe gravou uma mensagem relatando todas as violências pelas quais os Yanomami estavam passando por causa da cobiça dos garimpeiros, às quais acrescentava suas reflexões xamânicas, oriundas das sessões realizadas com seu sogro. Ao final, ele pede a Albert que divulgue suas palavras e obtenha apoio para implementar com urgência um plano de saúde para atender os Yanomami.

Quem sugeriu a Kopenawa gravar essa mensagem foi a antropóloga Alcida Ramos, uma das pessoas que posteriormente criou a CCPY e apoiou a causa Yanomami. Na ocasião, o xamã estava na casa dela, em Brasília, e acabava de assistir pela TV a uma reportagem que mostrava o avanço do garimpo pela floresta yanomami. Foi quando ele se deu conta de toda a destruição que devastava o centro histórico do território yanomami. Atordoado, Kopenawa diz em um tom grave e em português: "Os brancos não sabem sonhar, é por isso que destroem a floresta desse jeito" (p. 531). Alcida Ramos ouviu essa afirmação enigmática e lhe sugeriu que gravasse suas reflexões sobre aquilo que acabara de ver.

Essa reflexão perpassa todo o seu relato. E o que se torna claro ao longo da narrativa é o apelo que ele faz aos *napë pë*: eles precisam aprender a sonhar para que possam conhecer as coisas da floresta. É isso que ele espera entregando suas palavras aos brancos. Nesse sentido, *A queda do céu* é um livro que não apenas deve ser lido mas, sobretudo, precisa ser sonhado. Só assim os brancos vão conseguir conhecer, por sua vez, as coisas de que Kopenawa fala.

No relato de Kopenawa, chama a atenção a maneira como ele encadeia sonhos com sessões xamânicas, narrativas históricas, mitos que viu em sonho ou ouviu de xamãs, lembranças de sua vida pessoal, enfim, tudo junto e misturado. Parece que não há ordem em suas falas – e ao mesmo tempo, quando passa do relato de uma prática xamânica para um mito, ou de uma lembrança de sua infância para um sonho, essa passagem é sempre harmônica, como se não houvesse cortes nem interrupções abruptas. Tudo parece concatenado e bem encaixado, tudo faz sentido. É uma narrativa bela não apenas por aquilo que nos oferece mas também pelo modo como ela se deixa apreender.

Também foi assim que os Yanomami me contaram seus sonhos, sobretudo os xamãs. Quando me falavam de algum sonho, eles entremeavam seus relatos com eventos do passado, histórias das casas onde moraram, de parentes ausentes. Não que esses temas não aparecessem em seus sonhos, mas nessa maneira de narrar acontecimentos aparentemente díspares parecia haver um fundo comum, sobre o qual todas essas experiências poderiam ser postas lado a lado e compor juntas uma mesma narrativa.

Como ele diz, os *napë pë* não sabem sonhar, ou melhor, sonham apenas consigo mesmos, o que, em última análise, são equivalentes no pensamento yanomami, pois o sonho que realmente importa é aquele motivado pelos outros – ou, como veremos, são os outros que motivam os sonhos yanomami. Quem sonha apenas consigo nunca sai de si; e, nesse caso, o mundo se torna pequeno demais. Por não sonharem longe, os *napë pë* ignoram os pensamentos de outros povos e lugares e, portanto, não concebem outra forma de pensar capaz de ir além daquela que experimentam. É por essa mesma razão que eles não conseguem ver a imagem das coisas e tampouco sonhar a floresta.

Kopenawa deixa bastante claro em seus relatos que o sonho é por excelência a forma de aprender dos xamãs yanomami. É a sua escola. É a porta que os Yanomami abrem para a alteridade, o desconhecido, o distante. É através dessa abertura que eles conhecem o mundo ao redor, e dessa forma seu pensamento consegue se expandir. Enquanto os *napë pë* têm lápis e papel, os Yanomami têm seus sonhos, diz Kopenawa.

Pelos sonhos, os Yanomami conhecem lugares em que nunca estiveram. Antes de ir para outros países, Kopenawa diz que já os havia visitado em sonhos. Antes da chegada dos povos de além--mar, os xamãs antigos já haviam sonhado com o mar. É pelo sonho que se conhece; é por meio do *utupë* da pessoa que se podem vivenciar essas experiências.

Kopenawa não entende seus sonhos com cidades distantes, e os xamãs mais velhos lhe explicam: brancos vindos de terras distantes vão chamá-lo para perto deles. Ele sonha com os brancos porque os brancos devem estar pensando em Kopenawa. São os brancos que desejam Kopenawa, é por isso que ele sonha com eles. Mais uma vez, percebe-se como os *outros* são bons para sonhar.

Ainda sobre seus sonhos em outros países, Kopenawa fala de um que teve em Nova York, quando viu o céu pegando fogo. Um sonho assustador, que ele não pôde contar para ninguém, pois estava longe dos seus. Não poder compartilhar um sonho talvez tenha sido tão terrível quanto vivenciá-lo, pois contar o sonho é um requisito importante, seja para entender seu sentido e, assim, tentar evitá-lo, seja pelo simples fato de socializá-lo.

Tudo que existe possui um *utupë* – e, nos sonhos, são essas imagens que se veem. Logo, tudo pode ser sonhado. É por essa razão que Kopenawa pode dizer que as coisas que vê em seus sonhos existem, pois pode ver suas imagens. Daí surge também sua estupefação ao não conseguir, a despeito de sua vontade, sonhar com *Teosi*. Como algo ou alguém pode existir se sua imagem não pode ser sonhada? Então ele conclui: *Teosi* não existe. Assim como são Tomé, os Yanomami só acreditam naquilo que veem em seus sonhos.

Ainda sobre essa relação entre sonho e conhecimento, Kopenawa diz que, quando os Yanomami querem conhecer uma coisa de verdade, eles se esforçam em sonhá-la – foi assim que ele aprendeu a ver. Na abertura de um evento acadêmico ocorrido em Florianópolis,[5] ao responder a uma pergunta do público,

---

5 Por ocasião das Jornadas Antropológicas, evento organizado pelos alunos do Programa de Pós-Graduação em Antropologia Social da Universidade Federal de Santa Catarina (PPGAS-UFSC), 30 out. – 1 nov. 2017.

Kopenawa iniciou sua frase dizendo: "Vocês, brancos, não sabem...". E então se corrigiu: "Quer dizer, vocês, brancos, sabem, mas vocês não conhecem". Essa dificuldade em encontrar em português uma palavra adequada para expressar o alcance do saber dos brancos só poderia resultar da sinonímia entre conhecimento e sonho.

Na língua yanomami, *-taa* é uma raiz verbal que significa tanto saber como conhecer. Essa também é a raiz do verbo ver. Do vocabulário que conheço, não me ocorre outra palavra que possa ter o sentido de conhecer, saber, que não a que se refere também ao sonho. Assim, pensando em uma tradução hipotética para a frase de Kopenawa, caso ele a pronunciasse em sua língua, possivelmente ele teria dito *"Kaho napë wamaki taai, makii wamaki marimuimi"*, o que significa "Vocês, brancos, sabem, mas vocês não sonham". Assim, na floresta yanomami, não basta saber: é preciso sonhar para realmente conhecer as coisas a fundo.

O sonho também tem uma dimensão política. É pelos sonhos que os *xapiri pë* podem intervir, seja para proteger os Yanomami dos apelos incessantes de seus parentes mortos, seja para defender a floresta da cobiça dos brancos. Enquanto estes últimos continuarem sonhando consigo mesmos, nunca serão capazes de compreender as palavras que vêm da floresta. Para os Yanomami, sonhar é um ato político:

> Para nós, a política é outra coisa. São as palavras de *Omama* e dos *xapiri* que ele nos deixou. São as palavras que escutamos no tempo dos sonhos e que preferimos, pois são nossas mesmo. Os brancos não sonham tão longe como nós. Dormem muito, mas só sonham com eles mesmos. Seu pensamento permanece obstruído e eles dormem como antas e jabutis. Por isso não conseguem entender nossas palavras. (p. 390)

CAPÍTULO 2

A ORIGEM DA NOITE E O DESABROCHAR DAS FLORES DOS SONHOS

No início a noite não existia, era sempre dia. Por isso, as pessoas caminhavam muito pela floresta, caçavam e voltavam com sua presa e a comiam.

"Vão caçar, pois a noite não existe!", diziam os mais velhos.

Havia um yanomami chamado Yawarioma que sempre caminhava pela floresta. Devagar, ele ia por todas as direções. Um dia, caminhando sozinho, escutou a voz da noite. Era o mutum, que dizia: "*Ïi-hi*".

Ele era a noite e ensinava o nome dos rios em todas as direções. Chorando, dizia: "*Ïi-hi, ïi-hi*, naquela direção está o rio Toototopi. *Ïi-hi, ïi-hi*. Por ali há o rio Marito".

Assim *Titiri*, o mutum dono da noite, falava. Antes de ele ensinar o nome dos rios, nós não sabíamos. Foi com essas palavras que ele nos ensinou o nome das águas: "*Ïi-hi, ïi-hi*, naquela direção está o rio Palimi u, *ïi-hi, ïi-hi*".

Assim *Titiri* dizia. Foi quando Yawarioma ouviu e procurou o mutum. Porém, ele não conseguia enxergar, pois ao redor de *Titiri* reinava a mais completa escuridão. Yawarioma voltou para sua casa e contou para a mãe: "Mãe, na floresta há um mutum, porém ao seu redor é tudo escuro".

A mãe deu as seguintes instruções: "Ponha breu (*warapa koko*)[1] num pedaço de pau e depois acenda com o fogo. Em seguida, fleche o mutum".

---

[1] *Warapa koko* é uma resina inflamável retirada da árvore *warapa kohi* (*Protium spp.*) e utilizada, entre outras coisas, na improvisação de to-

Yawarioma voltou para a floresta e foi ao encontro do mutum. Levou o breu e o pôs num pedaço de pau, e acendeu com o fogo. Então levantou o pau, e o fogo iluminou *Titiri*. Ele estava lá, sentado sobre um galho. Depois que Yawarioma conseguiu enxergá-lo, flechou-o.

"Thaiii! Thikuuuu! Throuu!"[2]

Assim, a grande noite se espalhou por todos os lados e ouviram-se as vozes dos animais noturnos. Os Yanomami dormiram. Antes os Yanomami não dormiam à noite, por isso eles não sonhavam – pois era sempre dia. Antigamente a noite não existia.

Essa é uma das versões do mito de origem da noite que me foi contada por Luigi, um dos xamãs mais velhos do Pya ú. Entre uma conversa e outra, ele falou das viagens que realiza e dos mitos que conhece por meio dos sonhos. Sempre faz questão de dizer que só à noite se pode sonhar. Antes do surgimento da noite, os Yanomami dormiam quando sentiam vontade e saíam para caçar a qualquer hora, estavam indo e vindo o tempo todo. Em outras versões, copulavam em plena luz do dia, escondendo-se

chas durante a noite. Ver Albert & Milliken 2009, p. 90. Ver também verbete *warapa* em Lizot 2004, p. 465.

2 As onomatopeias são parte fundamental das narrativas yanomami. No caso dos mitos, em geral narrados pelos xamãs, além de tornarem a narrativa mais rica e a performance do xamã mais admirável, elas trazem consigo detalhes que, longe de serem apenas um artifício da língua, indicam um refinamento acústico por meio do qual os Yanomami percebem e dão sentido ao mundo a seu redor. Assim, foi-me explicado que esses três sons que se seguem logo após Yawarioma ter visto o mutum correspondem respectivamente a três momentos: o estalo da corda do arco no instante em que a flecha é lançada em direção ao mutum; o momento em que a flecha acerta o alvo; e o momento em que o mutum cai rodopiando no chão. Para mais considerações sobre a experiência acústica dos Yanomami, ver Albert 2016.

atrás da fumaça de suas fogueiras (Cocco, Lizot & Finkers 1991). Com a morte de *Titiri*, a ordem temporal é instaurada. A partir de então, a noite será o momento para dormir e sonhar. À luz do dia eles se ocuparão das tarefas cotidianas, da caça, da roça, da pesca. Uma ordem espacial também surge: antes os Yanomami não sabiam para onde iam, mas *Titiri* nomeou os rios, os montes, e assim mapeou os caminhos da floresta.

No mito da origem da noite, para conseguir flechar o mutum em meio à escuridão, Yawarioma acende *warapa koko* na ponta de um pau e ilumina o mutum. *Warapa koko* é um tipo de breu de fácil combustão que serve, entre outras coisas, para prender fogo. É uma resina igualmente utilizada quando os Yanomami querem parar de sonhar. Foi o caso de Ailton, que, depois que sua avó morreu, passou a vê-la constantemente em sonhos. Angustiado, comentou com sua mãe; ela imediatamente lhe preparou *warapa koko*, passou pelo fogo e lhe esfregou na pele. A partir dessa noite Ailton deixou de sonhar.

No mito, o *warapa koko* ilumina o mutum, dono da noite e da escuridão, para que ele possa ser visto pelos Yanomami. Passada sobre o corpo, a resina faz com que a pessoa deixe de sonhar. Aqui, o *warapa koko* – que simboliza a luz – está para o mutum – símbolo da noite e da escuridão – como o dia está para a noite. Nessa equação o sonho apareceria no polo oposto ao *warapa koko*, que tem a qualidade de acabar com o sonho da mesma forma como faz com a escuridão ao redor do mutum. A luz põe fim à noite e aos sonhos; e esses dois, por sua vez, opõem-se ao dia. Em um mundo onde só havia a luz, o sonho não podia existir.

Os Yanomami associam explicitamente o sonho à noite e dizem que de dia não se sonha. Se à primeira vista isso parece óbvio, pois é à noite que se dorme, tal associação parece mascarar uma relação mais profunda. Para entender melhor, é preciso compreender o que acontece com a pessoa no momento do sonho.

A PESSOA YANOMAMI E O SONHO

Quando um yanomami sonha, o corpo, *pei*[3] *siki*, permanece deitado na rede, enquanto o *pei utupë*, uma espécie de imagem vital, se desprende e pode viajar por lugares que o sonhador percorreu durante o dia ou por locais distantes e desconhecidos. Em sonho, a pessoa pode encontrar parentes próximos, distantes, ou mesmo mortos. Independentemente de onde vai e de quem se encontra, é sempre a imagem da pessoa que vivencia essas experiências no tempo do sonho (*mari tëhë*). Antes que ela desperte, a imagem volta para o corpo. Tudo o que ocorre no sonho é considerado como algo que aconteceu ou que poderá acontecer. E, a depender do conteúdo onírico, isso pode afetar a vida de quem sonhou ou mesmo de toda a comunidade.

Durante o trabalho de campo, não busquei fazer um estudo detalhado da noção de pessoa ou do corpo yanomami, uma vez que esse tema já foi amplamente descrito pela literatura antropológica. Entretanto, como o sonho remete diretamente a processos que envolvem o corpo e a pessoa yanomami, essas questões surgiam com naturalidade nas conversas e nos relatos de sonhos.

Meu interesse se volta ao *pei utupë*, ou seja, a imagem vital da pessoa, parte da pessoa yanomami que apareceu de forma mais recorrente nos relatos oníricos.

Bruce Albert (1985) faz uma descrição da pessoa yanomae distinguindo as concepções relativas ao corpo biológico daque-

---

3   *Pei* é um incorporante que indica que um elemento pertence de forma indissociável a um todo. Assim, é empregado para descrever partes do corpo de animais e partes de plantas. Além disso, tudo o que se constitui como produto direto ou indireto da atividade corporal é precedido por *pei*. Exemplos: *pei nathe* (ovo), *pei mae* (rastro); *pei wãaha* (nome). Ver *Diccionario enciclopédico de la lengua yãnomãmi* (Lizot 2004; p. 312, verbete "*pei*").

las relativas aos componentes metafísicos. O *pei siki*, que literalmente quer dizer pele, seria uma espécie de envelope corporal e se refere ao corpo biológico, em contraposição ao corpo imaterial, chamado de *pei uuxi*, o interior, ou *pei miamo*, o centro. *Pei uuxi* corresponde a uma interioridade metafísica, um conjunto de elementos espirituais cuja integração constitui a pessoa humana. Albert aproxima esse conceito da ideia de *psique*. No momento da morte, ocorre a separação definitiva do corpo espiritual, o *pei uuxi*, do envelope corporal, o *pei siki* (pp. 139–40).

O conjunto dos componentes psíquicos que constituem o *pei uuxi* se divide em quatro partes; a saber, o *pei pihi*, o *pei a në porepë*, o *pei utupë* e o *rixi*. O primeiro termo, *pei pihi*, designa o rosto, "a expressão do rosto tal como é expressa pelo olhar" (p. 141). Metaforicamente, *pei pihi* corresponde ao pensamento consciente subjetivo e ao princípio das emoções. Assim, todos os verbos yanomami que descrevem as atividades psíquicas ou os estados de consciência possuem a raiz *pihi*. Além disso, *pei pihi* seria também a sede da volição.

O *pei a në porepë* é o segundo componente que integra o corpo metafísico yanomami. Sob a forma *pore a*, serve para nomear o espectro de uma pessoa morta, seu fantasma, como uma entidade oposta aos vivos. Albert ressalta, porém, que o conceito de *pore a* se relaciona mais com a cosmologia yanomami do que propriamente com a classificação dos componentes da pessoa. *Pei a në porepë* designa a forma espectral contida pelo corpo de todos os seres vivos e que é liberada no momento da morte (p. 142).

Os Yanomami consideram este duplo interior – a forma espectral – a origem de todas as manifestações do pensamento ou do comportamento não consciente, as quais se apresentam por meio de movimentos ou expressões involuntárias, por meio dos sonhos, das alterações de consciência devidas à dor e à doença (psíquica ou mental) e durante o transe (xamânico ou profano) sob o efeito de substâncias psicoativas (p. 143).

Nesse ponto, Albert assinala que o momento do sono é, para os Yanomami, a experiência mais próxima da morte apreensível no seio da vida. Ainda que, nos outros estados, a forma espectral também se liberte do envelope corporal, no caso do sonho, esse processo acontece de forma relativamente duradoura (p. 143). Os presságios e, de maneira geral, os eventos que acontecem nos sonhos são atribuídos à forma espectral daquele que dorme (p. 144).

A ideia de *pei a në porepë* está estreitamente ligada à de sopro vital – *wishia* –, que segundo Albert se aproximaria da noção latina de *anima* (p. 146). Assim, a separação entre a forma espectral e o envelope corporal no momento da morte está associada ao último suspiro. Da mesma forma, a inspiração dos bocejos ao acordar corresponderia à reintegração da forma espectral ao corpo biológico, após um episódio onírico (p. 146).

O terceiro componente é o *pei utupë*, uma imagem interna da unidade corporal que se constitui como sede do princípio vital fundamental. De maneira geral, o *pei utupë* designa toda forma de reprodução: a sombra, o reflexo, o modelo reduzido de um objeto, o eco da voz (*wãha utupë*). Sua extensão para o universo dos brancos abarca tudo aquilo que se refere a uma imagem. Assim, uma fotografia, uma imagem televisiva, um desenho são traduzidos como *utupë*. Quando os xamãs estão sob efeito de substâncias psicoativas, é o *utupë* das coisas que eles veem. São essas imagens vitais presentes em todos os seres que os xamãs fazem descer e dançar em suas sessões de xamanismo (p. 146).

O *pei utupë* é concebido também como sede de uma energia vital que se manifesta por impulsos agressivos e é associado aos batimentos do coração. O autor traduz o termo *pei utupë* por "imagem vital" e justifica tal escolha por esse componente ser a "condensação da imagem e da energia corporal individual" (p. 147). O *pei utupë* é o atributo incorpóreo que os Yanomami compartilham com todos os demais seres animados e inanimados (p. 147). Assim, tudo o que existe possuiria uma imagem.

O princípio ativo das imagens vitais costuma se manifestar sob a forma de uma força vingativa em reação às atividades humanas de predação ou a certas infrações às normas culturais, rituais ou não. Imputa-se a elas certo número de doenças. Há ainda o conceito de *nõreme*, que se assemelha ao *utupë*. Ambos constituem a fonte do *animatio corporis* e da energia vital (Kopenawa & Albert 2015, p. 669).

O quarto e último componente que forma o corpo metafísico yanomami é o *rixi*. Essa categoria designa um tipo de alter ego animal ao qual todo yanomami se considera ligado. O duplo animal vive longe da pessoa com a qual ele está relacionado, em geral em território de grupos desconhecidos e, portanto, potencialmente inimigos (Albert 1985, p. 151).

O indivíduo e seu duplo animal nascem, vivem e morrem no mesmo momento; seus destinos são indissociáveis e coexistentes. Qualquer infortúnio que afete o alter ego animal terá consequências imediatas no ser humano ao qual ele se associa. Sobre a pessoa recai a interdição ao consumo da carne correspondente ao seu duplo animal. Há ainda similaridades físicas que aproximam os duplos animais de seus análogos humanos. Assim, quando uma mulher tem por duplo animal um veado, suas pernas serão longas, e ela será grande e terá olhos claros; se ela tiver por duplo animal uma anta, ela será grande, e sua pele será lisa e escura. E assim por diante (p. 152).

Dessa forma, Albert divide os componentes que formam a pessoa yanomami em corpo biológico e corpo metafísico. O primeiro é definido pelo termo *pei sikɨ*, que significa pele, o invólucro corporal; o segundo é denominado *pei uuxi* e representa o conjunto dos componentes psíquicos da pessoa, divididos em quatro: 1) *pei pihi*, sede do pensamento consciente e da volição; 2) *pei porepë*, responsável por pensamentos e comportamentos não conscientes; 3) *pei utupë*, que representa a imagem, comum a todos os seres e com um potencial agressor (lembremos que, durante o sonho, é o *pei utupë* que sai do corpo); e 4) *rixi*, duplo animal que compartilha com seu análogo humano a mesma origem e destino.

COSMOS YANOMAMI

Quando a pessoa dorme à noite, seu corpo, *pei sikɨ*, fica na rede, enquanto sua imagem, *pei utupë*, viaja e experimenta os eventos que podem afetar ou não o corpo de quem sonha. Essa separação entre corpo e imagem é a mesma que ocorre no momento da morte. O corpo, matéria inerte, apodrece. A imagem se transforma em um espectro, *pore a*, e vai viver nas costas do céu, o *hutu mosi*, uma grande casa coletiva que está sempre em festa.[4]

O mundo yanomami é concebido como um conjunto de quatro discos sobrepostos.[5] O nível em que se encontram os Yanomami é chamado *hwei mosi*. Logo acima dele há dois níveis celestes e, abaixo, um nível subterrâneo. O primeiro nível logo acima se chama *hutu mosi*, e é para onde vão os espectros dos mortos, os *pore pë*. Nesse primeiro céu, eles voltam a ser jovens; com o passar do tempo, envelhecem e morrem uma segunda vez, transformando-se em moscas gigantes que vão para o *tukurima mosi*, um segundo céu diáfano, de uma luz intensa, localizado logo acima do *hutu mosi* (Albert 1985, p. 632). Nas descrições que me foram feitas, essas moscas voltam para o nível terrestre, ou seja, para onde estão os Yanomami, mas vivem em meio à flo-

---

4 Retomarei esse tema no capítulo 4.

5 Para os Yanomami da Venezuela, o cosmos está dividido em cinco níveis, todos semelhantes aos descritos pelos Yanomae. A diferença estaria em mais um nível subterrâneo, chamado *hetu misi suwë pata*, que se caracteriza por ser um mundo de podridão habitado por uma grande quantidade de lombrigas gigantes (Lizot 2007, p. 274).

resta, longe da casa coletiva. O nível subterrâneo, logo abaixo do nível onde vivem os Yanomami, chama-se *hoterima mosi*. É um mundo escuro e pútrido, onde vivem os *aõpatari pë*, seres canibais[6] que se alimentam do princípio vital das pessoas e das substâncias patogênicas que os xamãs enviam para o subsolo (Smiljanic 1999, pp. 52–53).

Essa breve descrição do cosmos servirá para mapear os caminhos e os lugares por onde os Yanomami circulam no momento do sonho. Em geral os *utupë* das pessoas comuns, os *kuapora thë pë*, permanecem no mesmo patamar em que vivem os Yanomami, ou seja, no *hwei mosi*. Percorrem as trilhas que já conhecem; frequentam comunidades próximas ou distantes, onde participam de festas *reahu*; vão a lugares de pesca, caça, coleta de frutos etc. Mas também se deslocam por locais onde nunca estiveram antes, sejam florestas desconhecidas ou mesmo cidades como Boa Vista, Manaus e até São Paulo.

O deslocamento do *utupë* de uma pessoa por lugares que ela nunca frequentou em estado de vigília lhe permite afirmar que conhece essas paragens por ter estado lá em sonho. Esse é um aspecto fundamental do sonho yanomami: possibilita o acesso a experiências que de outra forma não aconteceriam durante a vigília. Assim, em seus sonhos, os Yanomami podem entrar em contato com parentes que estão distantes ou até mesmo com os mortos. Esse tipo de encontro não ocorre durante o dia, pois o dia é da matéria. Só à noite, quando o *utupë* se desprende do corpo, é possível entrar em contato com a imagem desses outros seres que povoam o cosmos yanomami.

---

6 Os *aõpatari pë* são os Yanomami que, no tempo mítico, foram precipitados para o nível subterrâneo após a queda do céu. Para uma versão desse mito, ver Wilbert & Simoneau 1990, p. 35.

A NOITE DOS VIVOS É O DIA DAS IMAGENS

Durante o dia o *utupë* fica preso ao corpo; com o cair da noite, no momento do sono, ele se desprende de sua base corpórea e faz suas incursões no tempo do sonho. A noite dos vivos corresponde ao dia dos *pore pë* e dos *xapiri pë*. Nenhum deles possui corpos no sentido que os vivos possuem: corpos materiais e visíveis aos olhos das pessoas comuns. Os *pore pë* porque já morreram e, portanto, perderam o corpo que tinham; e os *xapiri pë* porque são feitos de pura imagem.[7] A noite, portanto, parece ser o dia de tudo que é provido de imagem. E os Yanomami têm acesso a esse mundo por meio dos sonhos.

Da mesma forma, o dia dos vivos equivale à noite das imagens – mortos, *xapiri pë* etc. –, que não podem ser vistas pelos vivos durante o dia, exceto pelos xamãs.[8] Assim, é preciso que seja noite e que os Yanomami possam, na condição de *utupë*, interagir com esses outros seres. Uma imagem só se (re)conhece por meio de outra imagem. Tudo que se vê em sonho é *utupë*, ou seja, é a imagem das coisas e dos seres que aparecem no sonho; e a pessoa yanomami só pode acessar essas outras imagens a partir de seu próprio *utupë*. É por isso que os Yanomami dizem que só à noite é que se sonha, porque é quando o *utupë* pode se manifestar plenamente e entrar em contato com essas outras imagens que não poderiam ser vistas em plena luz do dia.

---

7 No tempo das origens, que se caracteriza sobretudo por estar em constante transformação, os ancestrais yanomami, em decorrência de seu comportamento desregrado, acabaram se transformando nos animais que os Yanomami caçam atualmente. Assim, as "peles", *siki*, desses ancestrais deram origem aos animais de caça, enquanto suas imagens, *utupë*, deram origem aos *xapiri pë*, espíritos auxiliares dos xamãs (Kopenawa & Albert 2015, p. 614).

8 Voltarei a esse tema mais adiante, no capítulo 5.

A noite é da imagem, dos mortos e dos outros seres que habitam o cosmos. É quando a imagem, liberta do corpo, pode vagar por lugares desconhecidos, encontrar parentes distantes ou falecidos. A noite é o momento do outro; e esse outro dentro da pessoa yanomami é a imagem, o *utupë*. Entretanto, esse outro não supõe uma dualidade, pois tudo o que afeta a imagem também afeta o corpo.

Quando um yanomami sonha, ele não diz que foi um outro que viveu essas experiências oníricas, mas ele próprio. Uma prova disso é que, além de fazer uso da primeira pessoa do singular (*kami ya*) para se referir ao sujeito das ações nos sonhos, é comum ele descrever essas atividades oníricas empregando o passado epistemológico (*kipëni, kini, kipere, kure*). Esse ponto é fundamental, pois os Yanomami fazem questão de distinguir um acontecimento que testemunharam de outro de que apenas ouviram falar. Dessa forma, "o passado epistemológico implica que o locutor possua um conhecimento pessoal e direto sobre o que fala ou, pelo menos, que certifica a veracidade do que diz" (Lizot 1996, p. 118).[9] Esse tempo verbal aparece com frequência nos relatos oníricos: o que não deixa margem para a dúvida de que a pessoa que narra o sonho viveu tal experiência. Entretanto, é a parte da pessoa yanomami que corresponde à imagem, o *utupë*, que, livre do corpo, age como espectro (*pore a*) e experimenta os eventos de que a pessoa vai se lembrar ao acordar. Esse outro, a imagem, só pode ser outro como parte que se aliena do todo, de sua base material, o corpo.

A noite é o dia de tudo que não possui um corpo físico. E é nesse universo repleto de tantos outros, quando a noite cai para o corpo, que a imagem entra nesse mundo de alteridade, ficando mais vulnerável.

---

9 Sobre o passado epistemológico, ou testemunhado, ver Ramirez 1999, p. 99, e Lizot 1996, p. 118.

Há mais. Não bastasse uma inversão entre dia e noite dos vivos e mortos, há também outra inversão que diz respeito ao modo como cada um vê a si próprio e aos outros dentro desse contexto. Assim, os *pore* (mortos) se veem como os verdadeiros Yanomami e enxergam os vivos como espectros. Também aos olhos dos *xapiri pë*, os vivos são vistos como espectros. Os vivos, por sua vez, veem-se como os verdadeiros Yanonami, sendo que os mortos são para eles os que já morreram, i.e., os *pore*. No meio de tantas perspectivas, o que há em comum a todas elas é que os mortos são sempre os outros (ver Carneiro da Cunha 1978 sobre os Krahó). Mas, ao contrário dos mortos krahó, os *pore* yanomami, embora assediem os vivos em seus sonhos, não são considerados inimigos,[10] ainda que seu intuito seja sempre o mesmo: levar os vivos para a morada dos mortos.

MARI TËHË: O TEMPO DO SONHO

Na língua yanomami, *mari* significa sonho, e *tëhë* quer dizer momento. Assim, para se referir a algo que aconteceu durante a noite, diz-se *titi tëhë*, sendo que *titi* significa noite. Da mesma forma, para se referir ao momento no presente se diz *hwei tëhë*, sendo que *hwei* quer dizer agora, aqui, hoje. Também pode se referir a

---

10   As descrições dos mortos que me foram feitas sempre enfatizavam que, embora os *pore* continuassem fazendo guerra depois de mortos, esse ímpeto belicoso se voltava contra outros grupos de mortos; em relação aos vivos, eles teriam uma atitude amistosa (*nohimu*). Nas descrições recolhidas por Albert, os mortos são vistos como perigosos e agressivos, mas deixam de importunar os vivos assim que é dado o devido tratamento funerário às cinzas do morto. Entretanto, se o morto for um xamã, o potencial de agressão é muito mais acentuado e duradouro. Ainda na descrição de Albert, os vivos são vistos, da perspectiva dos mortos, como espectros agressivos que os maltratam (Albert 1985, pp. 634–50).

uma estação: *maa tëhë* é a época das chuvas, em que *maa* significa chuva; *raxa tëhë*, época da pupunha, em que *raxa* significa pupunha. Em todas essas expressões, *tëhë* tem um sentido de localizar no tempo algum acontecimento. Também pode se referir a uma atividade que acontece simultaneamente a outra, como no caso de orações subordinadas de tempo (Ramirez 1999, p. 67).[11]

Mari tëhë se refere ao tempo do sonho. Ou seja, todas as experiências que o *utupë* vive enquanto a pessoa dorme acontecem no *mari tëhë*. Mas, antes de se constituir como um tempo, seria mais apropriado referir-se a uma dimensão em que o tempo não ocorre de maneira linear, podendo ser acessado e transformado continuamente. *Mari tëhë* se refere a um tempo, mas também pressupõe um espaço, e portanto talvez pudesse ser traduzido como um espaço-tempo que está sempre em constante movimento. Aqui a distinção entre passado, presente e futuro não é relevante, pois o sonho põe em ato eventos que já aconteceram, que poderão acontecer ou que estão acontecendo.

Aquilo que se passa no *mari tëhë*, no espaço-tempo do sonho, pode influenciar a vida da pessoa que sonha ou de toda a comunidade. E, portanto, o sonho interfere diretamente na realidade da vigília. Da mesma forma, a vigília também tem influência no sonho. O que acontece com a imagem da pessoa no momento em que ela sonha é considerado tão verossímil quanto o que ocorre durante a vigília. Não se trata, portanto, de duas realidades paralelas, mas antes de duas formas de acessar um mundo que só pode ser plenamente compreendido a partir dessas duas perspectivas, a saber, a do corpo durante o dia e a da imagem durante a noite. Essas perspectivas, longe de se oporem, na verdade se complementam e possibilitam aos Yanomami ter um conhecimento do mundo que vai muito além daquele que experimentam durante a vigília.

11 Exemplo: *Urihi hami ya huu tëhë tihi ya taarema* ("caminhando pela floresta, eu vi uma onça").

Assim, tanto as experiências que ocorrem durante o sonho como as que se passam durante a vigília se desenrolam à maneira de uma fita de Moebius, de modo que o que acontece de um lado vai parar do outro sem interrupção. O que aparenta ter dois lados na verdade tem apenas um, e a única fronteira que existe é a linguagem.

MARI HI: A ÁRVORE DOS SONHOS

> Quando as flores desabrocham na árvore dos sonhos, então nós, Yanomae, sonhamos muito longe, nós sonhamos. Antigamente a árvore dos sonhos também existia. Assim, quando a gente não sonha, é porque as flores da árvore dos sonhos não desabrocharam. Nós, Yanomae, que vivemos, todos nós sonhamos, assim nós somos. (Luigi, xamã do Pya ú)

Mari hi[12] é a árvore dos sonhos que está plantada nos confins da terra. Quando suas flores desabrocham, os sonhos são enviados para os Yanomami. Quem a criou foi o demiurgo *Omama*, considerado *maritima a*, o sonhador.

Uma das palavras que os Yanomami usam para sonho é *mari*, e ela entra na classe dos nomes dependentes, o que significa que deve ser incorporado obrigatoriamente no complexo verbal (Ramirez 1999, p. 16). Assim, para se referir a algo que foi visto em sonho, pode-se dizer:

Eu vi uma onça
tihi ya taa-rema
onça eu ver (sufixo orientador do passado transitivo)

---

12 Em que *mari* = sonho, e *hi* = classificador nominal de árvore.

Eu vi uma onça em sonho
tihi ya mari[13] *taa-rema*
onça eu sonho ver (sufixo orientador do passado transitivo)

Há outras palavras que os Yanomami usam para se referir a um sonho. No Pya ú, na maior parte dos sonhos que me foram relatados, *mari*[14] apareceu de maneira predominante, mas também foram usadas as palavras *kuramai* e *thapimu*. De acordo com o *Diccionario enciclopédico de la lengua yãnomãmɨ* de Lizot 2004, *kurama-* é um verbo transitivo que diz respeito aos sonhos em que se veem pessoas de quem se está separado, ou lugares distantes (p. 183). Já *thapi* é um substantivo que significa sonho, premonição, presságio que se tem em sonho; *thapimu* é sonhar com um lugar distante, com pessoas ausentes ou com um morto (p. 434). Há ainda o verbo *he tharëai*, que significa sonhar com alguém, com um lugar; escutar ruídos enquanto se dorme; ou ainda uma visão obtida sob o efeito de substâncias psicoativas. *He tharëpru* significa ver em sonhos algo de que se recorda claramente, e pode referir-se ainda à capacidade de se lembrar de lugares ou acontecimentos pertencentes ao passado (p. 81).

Tanto *kurama-* como *thapi-* fazem menção a um aspecto que parece fundamental no sonho yanomami e que remete à noção de distância. Pode-se sonhar com pessoas e lugares próximos, mas também se pode sonhar com lugares distantes, muitas vezes nunca frequentados durante a vigília e que o sonhador passa a conhecer por meio do sonho. O sonho com parentes ausentes também costuma ser muito comum, assim como o sonho com os mortos. Aliás, esses dois tipos de sonhos abordam basicamente

---

13 *Mari*, "sonho", como nome dependente, é seguido do verbo principal "ver" e seu respectivo sufixo.

14 Em yanomamɨ corresponderia ao verbete *mahari*, segundo o *Diccionario enciclopédico de la lengua yãnomãmɨ* (Lizot 2004, p. 191).

a mesma questão: a distância e aquilo que ela desencadeia em quem sonha, a saudade.

O sonho com alguém que não está, seja porque viajou seja porque morreu, costuma ser explicado como resultado da saudade que o ausente sente. Dessa forma, a pessoa que sonha acaba sendo contagiada pelo sentimento daquele que aparece no sonho. E a saudade, além de estar presente nos sonhos, também se manifesta no fim do dia, ou seja, com a chegada da noite. Assim como o sonho, a saudade só surge no pensamento yanomami quando o sol se põe. Mas esse é um tema ao qual voltaremos. Fiquemos um pouco mais no terreno da palavra, passando, portanto, ao contexto discursivo dentro do qual o sonho é socializado.

A FALA E O SONHO

Quando a pessoa dorme, o corpo permanece deitado enquanto a imagem se desprende e se desloca para vivenciar as experiências que serão lembradas ao acordar. Mas se todo mundo sonha, como eles dizem, nem todo mundo lembra o que sonhou; e, quando lembra, nem sempre sabe contar seu sonho. Contar o sonho é fundamental, pois a socialização do conteúdo onírico permite que, em caso de um mau presságio, o sonhador ou a pessoa afetada pelo sonho tome as devidas precauções durante a vigília.

Independentemente do que um sonho venha a significar, esse sentido jamais é dado arbitrariamente ou ao bel prazer do sonhador. O sonho vem ao mundo pela linguagem, ao ser contado, senão permaneceria como realidade virtual e, portanto, não poderia se dar por completo.

Entre os Yanomami, não há um momento dedicado exclusivamente à contação de sonhos, da mesma forma que não existe um momento para a contação de mitos. Aliás, os mitos são conhecidos, fundamentalmente, por terem sido sonhados. Os Yanomami costumam contar seus sonhos de forma espontânea assim que despertam, ainda deitados na rede. Quem ouve são os parentes nas redes próximas, ao redor do mesmo fogo, em geral o cônjuge, os filhos, às vezes algum outro parente. Contam sobretudo os sonhos que causam algum estranhamento ou indicam um mau agouro, mas também podem contar sonhos corriqueiros. Se o sonho representa alguma ameaça à pessoa, ela não sai de casa de jeito nenhum, para não dar chance ao infortúnio pressagiado – o que não raro acaba desencadeando discussões conjugais, já que as mulheres dizem que muitas vezes os homens alegam ter esse tipo de sonho como pretexto para não ir caçar.

Para além dessa esfera do núcleo familiar, há os sonhos contados no centro da casa coletiva e que passam a ser do conhecimento de todos. O sonho tornado público pode se referir a alguma coisa que ponha em risco o bem-estar da comunidade, como um sonho no qual os inimigos são vistos nos arredores; ou se referir a qualquer outro tema que o sonhador ache relevante compartilhar. Esses sonhos contados no centro da casa acontecem no contexto dos *hereamu*,[15] discursos proferidos quase diariamente. Iniciam-se assim que anoitece ou na alvorada, antes do amanhecer, e tratam de assuntos diversos que vão desde questões referentes à casa, como a necessidade de cortar o mato ou trocar as folhas velhas do teto, até assuntos mais políticos, como a importância de manter relações de amizade com determinadas comunidades etc.

---

15 *Here* significa pulmão e também entra na raiz do verbo respirar; -*mu* é um sufixo derivacional. Em yanomami, a palavra correspondente para esse tipo de discurso é *patamu*, ou seja, agir como um *pata* (ancião, velho), evidenciando, assim, a relação entre essa fala e os homens mais velhos.

Os *hereamu* são a ocasião em que os *pata thë pë*[16] usam de sua habilidade oratória para expor o que seus "pensamentos dizem"[17] e mobilizar a comunidade para a realização de alguma tarefa. Esse também é o momento em que circulam as notícias que chegam pelo sistema de radiofonia implementado em algumas regiões da terra Yanomami, e assim toda a comunidade fica a par dos acontecimentos relacionados às comunidades yanomami próximas ou distantes, e tem notícias dos parentes internados na Casa de Saúde Indígena (Casai), em Boa Vista.

O sonho yanomami, longe de se constituir como uma profecia irremediável, diz respeito a temas e a circunstâncias que podem ser contornados, mas para tanto ele precisa ser socializado. Contar um sonho no centro da casa teria um efeito profilático, já que as pessoas orientariam suas condutas levando em conta o que o sonho pressagia. Se alguém sonha com os inimigos próximos da casa coletiva, as pessoas ficam alertas e não se afastam da casa nem andam desacompanhadas pela floresta. Não significa, contudo, que os sonhos determinem a vida das pessoas: eles servem como orientações e são levados em consideração sobretudo quando se referem a alguma ameaça nefasta.

Os discursos proferidos no centro da casa no contexto do *hereamu* são realizados em geral pelos *pata thë pë*, pessoas mais velhas, respeitadas e reconhecidas por certas qualidades, como coragem, generosidade e senso de humor, além do domínio pleno da palavra. Os *pata thë pë* não detêm um poder de coerção, pois não se trata aqui de uma classe com status diferenciado, como um conselho de anciãos ou similares. É da força de suas palavras que deriva seu poder de convencer.

---

16 Sendo que *pata* significa ancião, velho; e *thë pë*, o plural.

17 "*Ya pihi kuu*", em que *ya* = primeira pessoa do singular; *pihi* = pensamento; -*kuu* = dizer (verbo intransitivo).

Os *pata thë pë* são em sua maioria homens, mas as mulheres também podem ocupar essa função e proferir seus discursos, sendo então chamadas individualmente de *patayoma*.[18] Em geral são mulheres mais velhas, mas não raro uma mulher adulta expõe algum problema ou circunstância que deseja tornar público. Ainda que sejam minoria em relação aos homens que falam no centro, as mulheres yanomami sempre falam; quando os homens estão no centro, elas fazem comentários e sugestões de modo que todos ouçam, e os homens, por sua vez, em geral os incorporam às suas falas. Na parte coberta e baixa da casa, *xika hami*, são elas que discutem com os cônjuges muitos dos temas que vão parar no centro. Se faço esse parêntese para ressaltar a participação das mulheres nesses discursos proferidos sobretudo por homens, é simplesmente para esclarecer que assuntos referentes à casa e à vida na comunidade também tem a participação ativa das mulheres, ainda que sejam predominantemente os homens que falem no centro da casa coletiva.

Os jovens normalmente não participam desses discursos. Alegam sentir medo/vergonha (*kiri*) e argumentam que só quando forem mais velhos estarão aptos a falar no centro. É ouvindo os *pata thë pë* todos as noites que eles vão aprendendo desde cedo.

Um *hereamu* começa com um *pata*, uma *patayoma* ou qualquer pessoa adulta se dirigindo para o centro da casa, onde permanecerá minutos ou horas caminhando e falando. Se estiver chovendo – ou por qualquer outra razão –, a pessoa pode fazer o *hereamu* parada, sob a parte coberta da casa, mas sempre voltada para o centro, para que possa ser ouvida. O discurso começa sem maiores cerimônias. E, enquanto o *pata* fala no centro, na

---

18 Sendo que, como já vimos, *pata* significa ancião, velho; *-yoma* é um sufixo nominal que indica o gênero feminino; e *a*, a marca do singular (Ramirez 1999).

parte coberta as pessoas estão deitadas em suas redes ou sentadas ao redor do fogo, comendo, conversando. Às vezes pode parecer que ninguém está prestando atenção, mas na verdade estão todos atentos. Um *hereamu* pode acontecer a partir da fala de um só *pata*, mas em geral outras pessoas falam no decorrer da noite. Assim, quando termina seu discurso, a pessoa volta para sua rede, e é substituída por outra, cuja fala pode ou não ter relação direta com o que acabou de ser dito.

O *wayamu*[19] é outro momento em que um sonho pode ser contado, mas é um diálogo cerimonial realizado no contexto da festa intercomunitária *reahu*.[20] Justamente por ser uma fala cerimonial, ela é muito mais elaborada e se caracteriza por complexos jogos de palavras e figuras de linguagem, como metáforas, metonímias, sinédoques etc. Esse diálogo acontece na primeira noite da festa *reahu*. Um anfitrião vai ao centro com um visitante e ambos se acocoram e começam a se espalmar e a repetir frases ritmadas. Um fala e o outro repete, acrescentando outras frases ao longo da noite. Esses pares de homens (são sempre homens) se sucedem ao longo da noite, mantendo essa relação entre um anfitrião e um convidado.

Ao contrário do *hereamu*, em geral conduzido pelos mais velhos, os jovens podem participar do *wayamu*. Costumam ser os primeiros a tomar parte nos diálogos, com falas mais truncadas, mescladas pela falta de prática e a vergonha, mas é assim que aprendem. Aos poucos, com o passar da noite, vão sendo substituídos pelos *pata thë pë*, e os diálogos ganham outra cadência e densidade. Os velhos seguem noite adentro até a alvorada, mantendo sempre essa estrutura dialógica. Antes que o sol apareça, a última dupla se desfaz – e o dia, então, tem início.

19 Para uma descrição mais detalhada do *wayamu*, ver Lizot 1991 e Kelly 2017.

20 No próximo capítulo, faço uma descrição da festa *reahu*.

Tanto os discursos *hereamu*, cotidianos, como os diálogos cerimoniais *wayamu* transcorrem à noite e terminam antes do amanhecer. Essa relação da noite com essas falas parece ser do mesmo tipo verificado entre a noite e o sonho – e, por sua vez, pressupõe uma outra, a da imagem em relação ao corpo. A noite é da imagem, o *locus* por onde passam os sentimentos, as volições e o conhecimento. Para que algo possa chegar até o corpo e se manifestar por meio da consciência, do *pei pihi*, é preciso que antes tenha passado pelo *utupë*.

Os *pata thë pë* – e entre eles os xamãs, em especial – são aqueles que têm maior habilidade com a palavra; contar seus sonhos no centro ou para mim era algo que eles faziam sem maiores restrições ou dificuldades. Os *pata thë pë*, reconhecidos como pessoas que sonham em abundância, estavam sempre dispostos a compartilhar suas atividades oníricas, fazendo questão de ressaltar que sempre sonhavam muito e longe. Quando contavam algum mito, enfatizavam que conheciam as coisas das quais falavam justamente por as terem sonhado.

Em compensação, os jovens raramente me contavam seus sonhos. Diziam que não sonhavam ou que não lembravam do que haviam sonhado, no que eram prontamente desmentidos por suas mães, que revelavam que eles haviam falado enquanto dormiam: falar dormindo é uma evidência clara de que a pessoa está sonhando. É por isso que os Yanomami dizem que os cachorros também sonham, pois os latidos e grunhidos que soltam enquanto dormem são um sinal explícito de sua atividade onírica.

Já em relação às crianças, os Yanomami dizem que elas também sonham, mas que, como são muito pequenas, não sabem falar direito de seus sonhos. Foi o caso de um dos filhos de Fátima, morto por uma picada de cobra. Ela me explicou que ele com certeza havia sonhado com o animal peçonhento, mas que, por ser muito pequeno, não soubera falar do próprio sonho.

Quando uma pessoa sabe se expressar bem e possui pleno domínio da fala, diz-se que é *aka moyamɨ*. Em yanomami, *aka hayuai* se refere, entre outras coisas, a ser capaz de falar a língua yanomami; participar devidamente dos diálogos cerimoniais; participar ativamente dos intercâmbios comerciais etc. (Lizot 2004, p. 8). *Aka taaɨ* também possui significados semelhantes, como falar com desenvoltura; ser hospitaleiro; participar das dádivas e dos intercâmbios e, quando se refere a uma criança, significa que ela já é capaz de se comunicar (p. 9).

Nota-se claramente uma relação entre fala, generosidade e reciprocidade, características de um *pata* (Lizot 1991). Saber falar é importante porque possibilita uma comunicação adequada; ser um bom anfitrião e receber bem os convidados para uma festa *reahu* também é fundamental. Da mesma forma, saber participar dos intercâmbios é vital para manter as relações entre as comunidades aliadas e a boa convivialidade entre os corresidentes.

Por outro lado, de uma pessoa que não sabe se expressar devidamente, diz-se que é *aka porepë*, que literalmente quer dizer "língua de espectro". Também são chamadas assim as pessoas que falam enquanto dormem. *Aka porepë* se refere a uma fala desarticulada, que ocorre em momentos de estado alterado de consciência, como quando uma pessoa doente delira; ou quando se inala *yãkoana*[21] ou quando se embriaga de caxiri etc. Também são *aka porepë* aqueles que não falam corretamente yanomami, sejam crianças que estão aprendendo a falar ou estrangeiros. Os brancos ocupam esse lugar por excelência, mas também se incluem aí outros povos indígenas da região, como os Macuxi, Wapichana, Sanumá, Ninam etc.

Ser *aka porepë* é mais do que falar uma "língua de espectro": significa que a pessoa está no processo de se tornar outro.

---

21 Voltaremos a falar mais detalhadamente da *yãkoana* e de sua relação com os sonhos dos xamãs no capítulo 5.

Kelly (2011) observou que, quando pacientes yanomami estavam muito debilitados por alguma doença, eles faziam questão de se comunicar apenas em yanomami. Estando num estado vulnerável entre a vida e a morte, falar uma língua que não era a sua poderia desencadear uma transformação em outro. Lembremos que, no perspectivismo ameríndio, comunicar-se com seres que não são aparentemente da sua espécie tem sentido de abrir a porta da alteridade para sua própria transformação em outro (Viveiros de Castro [2002] 2017, p. 344).

A expressão *aka porepë* também pode aludir a estados de liminaridade. Tomo aqui a análise que Albert (1985) faz em sua tese, quando descreve o ritual de reclusão do homicida *unokaimu*[22] como uma versão simétrica masculina do ritual de reclusão destinado às meninas no contexto da primeira menstruação, *yiipimu*.[23] A menina, nessa circunstância, deve seguir uma série de prescrições, abstendo-se, entre outras coisas, de se alimentar diretamente com as mãos, tomar banho, comer determinados alimentos etc. Ela é mantida em abrigo construído com folhas de palmeira,[24] localizado na parte baixa da casa (*xika hami*). Sua mãe lhe passa uma cuia com o escasso alimento que pode comer. A fala também é interditada. Da mesma forma, o homem que se submete ao ritual *unokaimu* deve realizar uma

---

22 *Unokaimu* é o ritual realizado pelos homens que participaram de algum ataque guerreiro. Um homem que se encontra em estado de homicida deve se submeter a uma série de prescrições, isolando-se do grupo para que possa passar por um processo de purificação. Para uma descrição detalhada desse ritual ver Albert 1985.

23 Para uma descrição detalhada dos rituais *unokaimu* e *yiipimu*, ver Albert 1985, pp. 360–81; pp. 573–98.

24 Há uma folha específica utilizada para a confecção da "casa" onde a moça deverá permanecer reclusa durante sua primeira menstruação; a planta se chama *yiipi hi* (*Scorocea guyanensis*), literalmente "árvore de menstruação" (Albert 1985, pp. 573–74).

série de prescrições. Durante o tempo em que está em "reclusão", também deve se abster ao máximo de dirigir a palavra a quem quer que seja. A interdição da fala nesses dois casos parece estar diretamente relacionada ao estado de liminaridade em que se encontram. Se falassem, poderiam se transformar em outros.

Também no processo de iniciação, o jovem xamã, além de seguir prescrições, jejuns e abstinências, deverá ficar em silêncio, não podendo dirigir a palavra a nenhuma outra pessoa, repetindo apenas aquilo que os xamãs que o iniciam lhe indicam. Por estar sob o efeito da *yãkoana*, o aprendiz pronuncia palavras de forma desarticulada e é considerado *aka porepë*.

Da mesma forma, mas em sentido oposto, quando os Yanomami do Pya ú tomavam caxiri, eles faziam questão de se comunicar comigo em português, mesmo os que nunca haviam ido à cidade e diziam não saber falar a língua dos *napë pë*. Essa necessidade de falar outra língua no estado de embriaguez, além de estar relacionada à perda da inibição e à aventura de se comunicar em outra língua que não a sua,[25] talvez esteja também associada à percepção, por experiência própria, de que essa consciência alterada que possibilita a transformação em outro é apenas temporária e, portanto, reversível, não havendo o risco de consumar o processo de metamorfose.

Na mitologia yanomami, Pore é dono das bananas e as nega para o herói mítico Horonami, agindo de maneira mesquinha. Não articula bem as palavras e por isso não se comunica bem. Pore carrega em si o oposto do ideal da pessoa yanomami. Ele é *xiimi*, avarento, e o é duplamente: não domina as regras básicas de comunicação – nega a palavra – e não compartilha a banana – nega o alimento. Nesse contexto, a troca é impossível e o noví-

---

25 Quem nunca falou (ou pensou estar falando) outro idioma fluentemente em estado de embriaguez?

vio em sociedade, também. Pore vive sozinho na floresta (Cocco, Lizot & Finkers 1991; Lizot 1991; Carrera 2004).

Também se diz que uma pessoa é *aka porepë* quando ela não é capaz de participar dos diálogos cerimoniais *wayamu* ou quando dá objetos sem receber nada em troca (Lizot 2004, p. 8). O saber falar está estreitamente relacionado à generosidade, o que não significa dar coisas sem pedir nada em troca. Dar sem receber ou receber sem retribuir é inconcebível. Isso vale para um bem (*matihi pë*), uma caça, uma ofensa, um morto. Sem troca não há comunicação possível e relação alguma pode existir.

A maior parte dos sonhos a que tive acesso foram desses homens generosos, os *pata thë pë*, que, no caso do Pya ú, eram quase todos xamãs. Mas também ouvi os sonhos de algumas *patayoma*; de homens e mulheres adultos; e, com menos frequência, dos jovens. Várias vezes os Yanomami mencionavam que todo mundo sonhava e que a diferença estava em ter vergonha/ medo de contar seu sonho – uma vergonha que estava diretamente associada ao saber falar.

Não que contar um sonho demande uma fala específica que marque o relato onírico, como se viu: a narração pode se dar no contexto de um discurso cotidiano, *hereamu*, ou de um diálogo cerimonial, *wayamu*. E isso exige certo domínio retórico que os mais jovens ainda não desenvolveram. Em suma: as mulheres também fazem os *hereamu*, mas com menor frequência do que os homens; também há homens mais velhos que não falam no centro da casa, pois ser homem e velho não torna uma pessoa necessariamente apta a fazer um *hereamu* e muito menos um *wayamu*.

No caso dos sonhos que me foram contados, em geral os relatos começam com expressões características: *Hapa inaha ya mari kuama* (Aconteceu em sonho/ Eu estava no sonho); *Ihi ya mari kupëni...* (Assim eu sonhei...); *Kihami ya marirayoma...* (Lá – remetendo à distância – eu sonhei...). E, em geral, empregam um verbo no passado. Os relatos costumam ser concluídos seguindo o mesmo modelo do discurso *hereamu*, com referência explícita ao fim de "suas palavras": *Ɨnaha ya kuama, kutaoma, ɨnaha ya mari kurayoma* (Assim eu estava, acabou, assim eu sonhei); *Ɨnaha thë ã kutaoma* (Assim minha palavra termina).

Para além dessas expressões e dos verbos que vão precedidos pelas palavras *mari, kuramaɨ, thapimu* – que sinalizam, entre outras coisas, algo sonhado –, não há na língua yanomami uma forma gramatical própria para narrar um sonho, como acontece com outros povos ameríndios, como os Kagwahiv, que têm um marcador de discurso usado unicamente para o relato de sonhos (Kracke 1990, p. 146).

INTERPRETAÇÃO DOS SONHOS YANOMAMI

O sonho yanomami não requer um contexto, uma fala específica, nem um processo de interpretação elaborado. Em geral seus conteúdos são facilmente compreendidos. Por não demandar tal trabalho de exegese, tampouco há um especialista para quem os sonhos são encaminhados em caso de dúvida sobre um eventual significado oculto.

Contudo, isso não quer dizer que os sonhos não sejam elaborados e que seus conteúdos dispensem a atenção de quem os sonha. A maior parte dos que me foram contados eram entendidos literalmente. Assim, uma pessoa que contava ter sonhado com cobra tomava as precauções para não topar com uma pelo caminho. Se alguém sonha que os inimigos *oka pë* estão perto da casa, é porque de fato eles se encontram nos arredores. Quase todos os sonhos, com exceção daqueles dos xamãs, tratavam de eventos que poderiam acontecer durante a vigília ou que já haviam acontecido no passado, sendo desnecessária, portanto, a realização de um trabalho de interpretação exaustivo.

Há, todavia, sonhos cujos significados não são tão literais. Sonhar com um facão significa que a pessoa vai encontrar uma cobra no caminho; sonhar consigo mesmo ornamentado, ou com outra pessoa ornamentada, é sinal de mau presságio. Por que os Yanomami associam a faca com uma cobra? Qual a relação entre uma pessoa que aparece ricamente adornada em sonho e o sentimento de que algo ruim está para acontecer?

Voltarei a esses sonhos, buscando demonstrar como as operações que os Yanomami fazem entre seu conteúdo e sua interpretação, seja esta literal ou metafórica, dizem menos sobre como eles pensam em seus sonhos do que sobre como os sonhos são pensados através deles.[26] E aqui já deixo claro que meu interesse não está no que os sonhos dizem, mas no que os Yanomami fazem com eles.

---

26 Aqui parafraseio Lévi-Strauss, que, a respeito da análise estrutural dos mitos, adverte: "Não pretendemos, portanto, demonstrar como os homens pensam nos mitos, mas como os mitos se pensam nos homens, e à sua revelia" (Lévi-Strauss [1964] 2004, p. 31). As relações que se entreveem entre sonho e mito serão abordadas mais diretamente nos sonhos dos xamãs, conforme veremos no capítulo 5.

CAPÍTULO 3

OS SONHOS YANOMAMI

> *Saudade: presença dos ausentes.*
> — OLAVO BILAC, "Assombração", 1918.

Mal amanheceu, são cinco horas da madrugada, mais ou menos. Cláudio, um xamã de 45 anos, vai até o centro da maloca e começa a contar um sonho que Lenita, sua mulher, teve. Os *oka pë* estão nas proximidades, todo cuidado é pouco. São feiticeiros que matam suas vítimas de maneira sorrateira (jamais são vistos por elas), soprando veneno. Em geral esses temidos inimigos atacam as pessoas que estão sozinhas na floresta. A vítima sente uma espécie de tontura quando é atingida, volta para casa se sentindo estranha e cai prostrada em sua rede. Se os xamãs não conseguem curá-la, ela pode morrer em questão de dias.

Amanhece. A casa, antes silenciosa, desperta e ganha vida. Rapidamente as pessoas vão se ocupando de seus afazeres. Um grupo de mulheres pega seus cestos *wii*, seus facões e seus bebês, e segue o caminho da roça, acompanhadas de um bando de crianças. Algumas vão com os maridos. Outros homens saem cedinho para caçar, deixando a maloca na expectativa de comer carne de queixada ao fim do dia. Todos vão cuidar da vida, mas atentos ao recado do sonho que Cláudio relatou: os *oka pë* estão por perto.

Um grupo de jovens fica em casa; os rapazes não se animaram a ir caçar hoje, como não haviam se animado ontem e provavelmente não se animarão amanhã. Esta é, inclusive, uma reclamação constante de seus pais e dos *pata thë pë* em geral: os jovens não querem fazer nada. Os rapazes não querem caçar, as moças não ajudam a mãe na roça nem gostam de pegar lenha no mato. Enfim, são jovens e passam a maior parte do tempo se divertindo entre eles, passeando pela casa ou por malocas próximas.

As moças se pintam com urucum e sempre penteiam os cabelos, que estão cada vez mais compridos – tendência recente que contrasta com o corte curto tradicional das mulheres mais velhas, comum a todas há alguns anos. As mulheres dizem que as moças aprenderam a deixar o cabelo crescer com as Macuxi lá na Casai, uma das poucas ocasiões em que as mulheres deixam a maloca para ir à cidade de Boa Vista, ou seja, se ficam doentes ou acompanham algum parente. O comprimento das madeixas das jovens já foi até comentado em um *hereamu*. Disseram que elas estavam deixando de ser Yanomami e querendo virar Macuxi, perdendo a "cultura". As moças, por sua vez, pouco se importam com esses discursos e continuam a deixar os cabelos compridos. Os rapazes tentam ao máximo postergar o casamento, em parte porque sabem que vão perder a liberdade de que gozam nessa fase da vida: namoros descomprometidos e a não obrigação com o trabalho. Se casarem ou se já tiverem alguma moça prometida, devem realizar o serviço da noiva, *turahamu*, que consiste, entre outras coisas, em fazer roça e fornecer caça para o pai da moça, futuro sogro, trabalho que pode durar anos após o casamento. Como quem casa (a filha) quer caça, os pais das jovens se recusam a dar suas filhas para os rapazes preguiçosos que não fazem outra coisa a não ser dormir, comer e namorar.

A casa segue seu ritmo diurno. Além dos jovens, também ficam por lá os mais velhos, sobretudo os que estão doentes. Luigi, o *pata* mais velho do Pya ú, com mais de oitenta anos, mesmo doente levanta da rede e vai até o lado de fora da casa. Com seu terçado cego, acocora-se e põe-se a limpar os matinhos que crescem, deixando o caminho impecável.

Os animais de estimação também ficam, com exceção dos cachorros, que, fiéis, seguem seus donos, seja na caça ou na roça.

Ficam os gatos, as galinhas e o macaco-prego – que, sempre que pode, rouba os ovos das galinhas ou tenta copular com elas.

Por volta do meio-dia, as mulheres retornam com seus cestos *wii* cheios de macaxeira, banana e tudo o mais que puderam colher na roça. Deitam os cestos em frente ao poste que sustenta as redes da família nuclear. Vão para o rio com os bebês presos à tipoia, dormidos de sono e de sol. Refrescam-se no banho e logo voltam para casa, onde vão descascar e ralar as macaxeiras. Depois de raladas, as macaxeiras serão espremidas no tipiti, dando origem a uma massa branca e compacta que será cuidadosamente despejada em grandes bacias de alumínio para secar até o dia seguinte, quando será peneirada e assada em grandes discos de ferro, resultando no tão apreciado beiju, o *naxihi*.

Aos poucos mais um dia termina; e a casa, antes vazia, volta a ser povoada. Com o cair da tarde, a chegada iminente dos homens que saíram para caçar gera certa expectativa. Na pista de pouso, os rapazes jogam futebol, as moças assistem sentadas em bancos improvisados de tocos de árvores dispostos na lateral do "campo de futebol". No posto de saúde, no lado oposto da casa coletiva, algumas mulheres sentadas no chão com os filhos a tiracolo catam piolho e conversam. Os jovens e as crianças também ficam por ali, à espera de, quem sabe, algum resto de comida eventualmente dispensado pelos técnicos de saúde.

Dentro da casa, as crianças brincam no centro. Aos poucos a luz vai se rarefazendo e, antes que escureça, os homens voltam. Ari, um dos melhores caçadores do Pya ú, contorna a casa por fora e, sem dizer uma palavra, vai direto se banhar no rio. Jairo, seu filho mais velho, de dezoito anos, carrega nas costas um pacote grande e pesado, trançado com folhas. Sangue vermelho-escuro escorre por suas pernas finas e compridas. O rapaz entra pela pequena porta que dá acesso à sua casa, onde está o fogo da sua família e as redes que o circundam. Larga o pesado pacote no chão e, também sem falar nada, pega seu precioso sabonete escondido no fundo de um pequeno cesto suspenso e em seguida sai em direção ao rio. Fátima, mulher de Ari, sem perder tempo desfaz o embrulho com sua faca afiada e sorri satisfeita: hoje vão comer carne de queixada. As crianças, filhas mais novas do casal, pulam de felicidade. Fátima se põe a destrinchar o animal, que já veio cortado em quartos, e algumas mulheres se aproximam por curiosidade e para pedir um pedaço. Esse pedido é tácito, ninguém diz uma palavra – no máximo comentam o tamanho do bicho, sua gordura ou o cheiro forte que exala. Sem levantar a cabeça, Fátima vai cortando e distribuindo os pedaços de carne. Cada mulher, logo que recebe sua parte, bate em retirada rumo ao seu fogo, onde cozinhará a carne que Ari caçou.

A noite enfim cai e as estrelas começam a aparecer timidamente até tomar o céu inteiro. É lua cheia; o centro da casa se ilumina. Na parte baixa, onde estão os fogos, panelas cheias de água cozinham a carne de queixada. Ao redor delas, as pessoas se aquecem e conversam esperando o cozimento. De todos os lados surgem mãos segurando pedaços de beijus secos, que são mergulhados no caldo quente. As crianças ainda brincam no meio da casa e fingem não perceber os chamados insistentes de suas mães, que lhes pedem que voltem, pois já se fez noite. Após horas cozinhando no fogo, a panela é desamarrada do pequeno cipó que a sustenta em cima da lenha e é posta no chão. As crianças, que brincavam e gritavam freneticamente no centro da casa, correm ligeiras para suas famílias. Vão finalmente comer um pedaço de carne acompanhado de macaxeira ou banana cozida. Essa noite todos vão dormir satisfeitos e saciados de sua fome de carne.[1] Pelo menos por hoje.

Mas, antes que se possa dormir, um *pata* vai ao centro da casa e inicia um *hereamu*. O mato ao redor e no caminho para o rio está muito alto e é preciso capiná-lo, pois as cobras costu-

---

[1] *Naiki* é um verbo de estado que se refere especificamente à fome de carne.

mam se aproximar, um perigo sobretudo para as crianças que brincam por ali. Ele também comenta a próxima festa na comunidade do Koyopi e avisa que só os mais velhos foram convidados. É uma festa pequena, portanto os jovens e aqueles que não foram convidados não devem ir. Essa logística é fundamental para o cálculo da comida e da duração da festa.

Termina mais um dia sem maiores atribulações. A maloca dorme tranquila, a despeito do sonho com os inimigos *oka pë* anunciado no início do dia.

SONHOS PREMONITÓRIOS

Adriano, um xamã de cinquenta anos, sonhou que seu sobrinho Edinho lhe aparecia ricamente adornado. Semanas antes, Edinho havia deixado o Pya ú em um voo da Secretaria Especial de Saúde Indígena (Sesai) para ser internado na Casai em Boa Vista. Seu estado era relativamente grave, tinha uma ferida infeccionada que cobria a panturrilha direita. Desde que fora levado para a cidade, a família não tivera mais notícia dele. Adriano, preocupado, fez um *hereamu* no centro da casa e comunicou o sonho que acabara de ter. Todos ficaram apreensivos. Sonhar com alguém enfeitado não é bom sinal. No mesmo dia a mãe de Edinho foi chorando ao posto de saúde e pediu aos técnicos que entrassem em contato com o posto, via radiofonia, a fim de obter informações sobre seu filho. Passados alguns dias, finalmente chegaram as notícias: Edinho estava bem. Quando questionei Adriano a respeito de seu sonho não corresponder aos fatos, ele me explicou prontamente: "Há sonhos falsos e há sonhos verdadeiros".

Sonhar com uma pessoa enfeitada como se fosse para uma festa *reahu* é um mau presságio. O homem veste braçadeiras feitas de tufos de caudais de arara, rabos de tucano, cristas de mutum e jacamim. Nos lóbulos das orelhas, pequenas penas de papagaio e cujubim estão enfiadas. A mulher surge lindamente pintada com linhas sinuosas pelo corpo e um vermelho vivo de urucum sobre a pele toda. No pescoço ostenta colares de miçangas de cores variadas: amarelo, vermelho, preto, branco, azul. Nos lóbulos das orelhas, flores ou penas do pássaro *sei si* (*Cotinga maynana*) de um azul cintilante; braços, buquês de folhas perfumadas, *puu hana kɨ* (*Justicia pectoralis*).[2]

Esses sonhos que descrevem a pessoa adornada como se estivesse em uma festa *reahu* talvez sejam associados a algo funesto por remeter ao destino póstumo yanomami, momento em que o *utupë* deixa o corpo, transforma-se em *pore a* e passa a viver nas costas do céu, o *hutu mosi*, onde rejuvenescerá e estará sempre ornamentado para uma festa *reahu* que nunca acaba.[3] Apesar do auspício nefasto, o rapaz estava bem. Mesmo assim, até conseguirem obter notícias, o sonho gerou um mal-estar na comunidade, sobretudo na mãe de Edinho, que, como toda mulher yanomami, já chorava o morto antes de ele ter morrido.

Aqui recordamos que tudo que se passa no sonho é vivido pelo *utupë* da pessoa; são acontecimentos que, se ainda não ocorreram, poderão vir a ocorrer. Tais eventos oníricos não se referem nunca a fatos irremediáveis, mas, antes, a situações que o sonhador consegue manobrar em estado de vigília, para impedir que o infortúnio aconteça. Assim, independentemente de ser "verdadeiro" ou "falso", o sonho cumpre um papel de mobilizar uma realidade que de outra forma permaneceria imutável. Se Adriano não tivesse sonhado com o sobrinho, não teria outro

---

2 Sobre as flores e folhas usadas como enfeites pelas mulheres, ver Albert & Milliken 2009, p. 113.

3 No próximo capítulo, descrevo detalhadamente esse destino póstumo e sua relação com a festa *reahu*.

meio de justificar seu mau pressentimento, e os parentes talvez não teriam conseguido obter notícias do rapaz via rádio.[4]

Cláudio acorda assustado, acaba de ver em sonho um terçado caindo na água. À medida que afunda, o objeto reluz e brilha intensamente. Antes de deixar a rede, a primeira coisa que faz é contar o sonho para Lenita. Os dois chegam à mesma conclusão: é cobra. Quando os Yanomami sonham com faca, terçado ou com a própria cobra, eles não saem de casa, pois é sinal de que serão picados por esse animal. Uma vez decifrado o sonho, Cláudio vai em direção a uma árvore nas imediações, tira alguns ramos, bate contra si as folhas, passando pelos braços e pelas pernas, e conjura o mau agouro pressagiado no sonho, repetindo várias vezes em voz alta: "*Sira, sira, sira, sira, sira...*". Volta para a rede e decide que vai passar o dia em casa.

Lenita, porém, quer sair para buscar bacaba (*Oneocarpus bacaba*), afinal sua filha Neila, de nove anos, está com fome e não há comida. Cláudio resiste, fala do sonho, mas ela contesta, alegando que não precisar ir muito longe. Contrariado, Cláudio pega sua espingarda e resolve sair para o mato. Lenita, satisfeita, agarra seu cesto *wii* e chama Neila para acompanhar. Ele vai na frente a fim de ver se encontra alguma caça no caminho. É seguido por Neila, que corta folhas e lascas de árvore com sua faquinha. Lenita vai atrás.

---

4   De acordo com a rotina da radiofonia da Sesai, os Yanomami que estão nas comunidades têm direito a um dia específico para falar no rádio com seus parentes que estão internados na Casai ou pedir informações sobre o estado de saúde dos pacientes à Assistência Social em Boa Vista. O dia em que Adriano teve o sonho não era um desses dias, mas os parentes de Edinho insistiram veementemente com os técnicos de saúde que se encontravam no posto na ocasião. Depois de muita conversa e sob a justificativa de que haviam sonhado que Edinho não estava bem, conseguiram se comunicar com o rapaz.

De repente a menina grita, algo a picou entre os dedos do pé. A mãe, desesperada, pega o facão e sai à procura do animal, levantando as folhas caídas no chão. Mas, antes que o encontre, sente no tornozelo a picada: é uma jararaca. Cláudio, ao ouvir os gritos da mulher e o choro da filha, volta para onde elas estão e finalmente consegue matar a cobra. Correm para o posto a tempo de serem medicadas com o soro antiofídico. Tempos depois, Cláudio me explica que ele só não fora picado porque havia se batido com as folhas e conjurado a má premonição, coisa que a mulher e filha não haviam feito. E lembra que não queria sair de casa, mas Lenita insistiu.

Meses depois, Peri, um homem por volta de quarenta anos que vive sozinho, mal se levanta da rede e vem em minha direção. Ele pronuncia qualquer coisa que não consigo entender, mas por sua expressão já imagino que não seja coisa boa. São seis horas da manhã, e eu acabo de acordar. Olho para ele sem falar nada e ele sai da casa sem me dar mais explicações. Passado algum tempo ele volta e me conta que havia sonhado comigo. Num tom grave, revela: "Hoje eu sonhei que você morria". Não me dá detalhes, só me passa as instruções: "Pegue um ramo de folhas e bata contra o corpo e diga *sira, sira, sira, sira…*'; e depois jogue as folhas bem longe da casa". Eu aquiesço e tento tranquilizá-lo, dizendo que não vou morrer tão cedo. Mas ele me faz a advertência: "Não se afaste da casa hoje, fique por aqui…". Nesse dia eu não tinha planos de sair da casa mesmo, mas acabo esquecendo as instruções de Peri e não me bato com as tais folhas. Ao perceber meu esquecimento, ele sai e volta minutos depois trazendo o ramo com folhas e me entrega: "Vai lá fora, bata as folhas com força contra o corpo e repita *sira, sira, sira, sira*'". Eu faço exatamente o que ele me insta a fazer, sob o olhar aprovador de todos os que estão por perto. Em seguida lanço as folhas para longe de mim. O dia acaba e felizmente nada me acontece.

Sira é a palavra que os yanomami usam para se referir a um mau caçador. Quando repetem essa palavra para afastar o mal pressagiado no sonho, colocam-se na posição de presa. É como se, ao repetir a palavra *sira*, a pessoa fizesse com que o caçador não atingisse o seu alvo, uma espécie de "me erra". Num sonho com uma onça, uma cobra ou qualquer ser ameaçador, estes ocupam a posição de caçador e a pessoa que sonha é sempre a presa. O sonho, por pior que seja, pode ser remediado, desde que se tomem as devidas precauções, por exemplo não sair de casa.[5] A posição de presa que o sonhador ocupa em relação àquilo que ele sonha parece ser uma constante nos sonhos yanomami. Assim, o sonhador, não importa com quem sonhe, aparece sempre em uma relação de desvantagem.

Nos sonhos com parentes ausentes e, sobretudo, com os mortos, essa vulnerabilidade de quem sonha está diretamente relacionada com o desejo dos outros seres que compõem o cosmos yanomami. Mas antes de entrar nessa categoria de sonhos, passemos por outros mais triviais.

SONHOS COTIDIANOS

Quando estava noite, eu dormi, então sonhei que matava o peixe na água. Os inimigos *oka pë* sopravam [veneno] no sonho. A gente sentia muito medo, então os peixes que a gente tinha embrulhado em folhas fugiram no sonho. Em seguida, nós voltamos

---

5 É muito comum, quando estão acampados na floresta por ocasião de uma caçada coletiva (*henimu*) ou de um acampamento de verão (*waimi huu*), que os Yanomami sejam acometidos por esse tipo de sonho. Ainda deitados na rede, batem-se com as folhas e repetem várias vezes: "*sira, sira, sira, sira...*". Isso porque, estando longe da casa coletiva, em meio à floresta, os Yanomami estariam mais vulneráveis ao ataque desses outros seres.

para casa. No sonho os inimigos *oka pë* queriam matar a gente, por isso eu fiquei com medo.

Então acordei e em seguida voltei a dormir e a sonhar. A casa estava com o teto furado, mesmo assim a gente fazia uma grande festa, uma anta grande estava sendo preparada no sonho. A anta estava pendurada no fogo do Roque. Apesar da carne ser magra, a gente queria comer, mas nós não comemos no sonho. [...] Em seguida nós preparamos o acompanhamento [da carne], nós preparamos macaxeiras. Eu ralava muitas macaxeiras, os de Watorikɨ, todo mundo ralava macaxeiras. No sonho a gente fez *hereamu*, então outra festa *reahu* eu vejo novamente. Meu pai, Bernardo, fazia outra festa. Eu penduro os cachos de bananas, eu sonho que vou embora, no sonho as bananas cheiram mal. Eu puxava a canoa, eu também sonho que queria roubar as bananas, então pegava as bananas e ia embora. Meu pai, Bernardo, fazia a festa *reahu*. Com a outra anta, a gente fazia *reahu* de novo. A casa era feia, estava muito esburacada, quase caindo, mesmo assim a gente fazia *reahu* no sonho. Em seguida eu voltei a dormir outra vez. O dia estava perto de amanhecer, daí eu voltei a dormir.

Eu sentia dor, doía muito, meu olho estava ardendo... [...] Então o *napë* me disse: "*Awei*, você está muito mal, você está com muita dor, você vai para Boa Vista", assim ele disse. Meu olho estava muito pior no sonho [...], por isso eu fiquei triste. Então nós sonhamos muito, eu sonho na floresta, pela floresta à noite eu vou embora, meu cunhado também vai embora à noite, então estamos no rio fundo. Fui embora outra vez, depois voltei novamente. Em seguida eu ouvi o canto dos galos. "*Awei*, assim que aconteceu, eu estava sonhando", assim eu pensei. Então eu não voltei a dormir de jeito nenhum. Eu despertei. Com o cacarejar dos galos, eu acordei.

Esse foi um dos sonhos que Fátima teve durante o tempo que passei no Pya ú. Ela sempre fazia questão de me contar seus sonhos e em geral se lembrava de ter tido vários numa mesma noite, o que era bastante frequente entre eles. Aparentemente esse sonho não parece ter nada de excepcional, a não ser pela quantidade de detalhes. E, se o transcrevo, é apenas porque reúne em um único relato alguns dos temas que são recorrentes nos sonhos das pessoas comuns, os *kuapora thë pë*. Assim, ela começa falando de pesca, dos inimigos *oka pë*, depois passa por uma festa *reahu* e termina com uma conversa com um *napë* falando de seu estado de saúde. No momento em que ela teve esse sonho, Fátima tinha uma inflamação no olho, e havia a possibilidade de ter de ser levada para a Casai em Boa Vista, motivo de muita consternação para ela, que temia que os filhos passassem fome durante sua ausência.[6] O *napë* do sonho é um técnico de saúde do posto que fica na comunidade do Pya ú. Por fim, uma equipe de saúde que realizava um programa de prevenção à oncorcecose[7] apareceu e Fátima foi devidamente diagnosticada e medicada, não precisando ser levada para a Casai.

Em outra ocasião, Fátima sentia uma dor muito forte na lombar e tomou um anti-inflamatório durante semanas; sem

---

6 Quando os Yanomami são levados para a Casai ou para algum hospital em Boa Vista, são acompanhados por um familiar, em geral o cônjuge, o pai ou a mãe. Também podem levar um filho de colo. Impedidas de levar os demais filhos pequenos, as mulheres muitas vezes se recusam a sair da comunidade, já que, como Fátima, receiam que os filhos passem necessidade. O transporte é realizado por aviões monomotor e coordenado pela Sesai.

7 Também conhecida como a "cegueira dos rios", a oncorcecose é causada por um verme parasita (*Onchocerca volvulus*) transmitido pela picada da mosca preta do tipo *Simulium*. A equipe que estava visitando várias regiões da TI Yanomami fazia parte de um programa de prevenção organizado pelas Nações Unidas. Essa foi uma das raras vezes que vi um médico na TI Yanomami. As outras foram durante meu campo, momento em que a presença de médicos cubanos na região se tornou regular graças ao programa Mais Médicos.

obter melhora, acabou sendo levada para a Casai, onde permaneceu internada mais de um mês. Quando voltou ao Pya ú, ainda sentia a mesma dor e havia engordado dez quilos. Não soube me dizer o que tinha, pois como não havia intérprete na Casai e ela não falava português, era impossível entender o que os *napë pë* lhe diziam. Era fim de ano e os médicos haviam entrado em recesso para as "festas". Levariam-na de volta depois de janeiro.

Fátima me contou que, quando esteve internada na Casai, sonhava constantemente com seus filhos, e quando despertava sentia o pensamento preocupado, imaginando que eles não estavam bem. Ficava triste quando sonhava com eles, mas dizia que era só no fim da tarde que a tristeza aparecia: "Quando o sol está alto, eu não fico triste. À tarde apenas, seis horas, então nesse momento eu fico triste". A tristeza, assim como a saudade, são sentimentos que tomam conta do pensamento yanomami apenas quando o dia acaba.

Além dos temas cotidianos que apareceram no sonho de Fátima, há uma série de outros recorrentes nos sonhos das pessoas comuns, em geral em torno das atividades corriqueiras que fazem parte da vida da vigília: caçada, coleta de frutos, caminhadas pela floresta, festas, encontro com parentes, brigas, visita a outras comunidades, comida, animais da floresta, trabalho na roça etc.

Mas, para além desses sonhos triviais, também sonhados pelos xamãs, as pessoas comuns sonham com pessoas ausentes, como parentes que não encontram há tempo ou visitantes que estão para chegar; com os mortos e com o destino no *hutu mosi*; com lugares distantes e desconhecidos, como cidades ou florestas para onde nunca foram em estado de vigília. Também sonham com seres como *Tëpërësiki*, ser mitológico, dono das plantas cultivadas, e com os inimigos *oka pë*. Alguns sonham com os *xapiri pë*, espíritos auxiliares dos xamãs.

Kopenawa, ressaltando a diferença entre as pessoas comuns e os xamãs, explica que essa diferença reside essencialmente no sonho: as pessoas comuns, tal como os brancos, só sonham com coisas muito próximas, e não são capazes de se afastar muito. Ele diz, por exemplo, que os homens comuns costumam sonhar com

> as mulheres que desejam, com pessoas de outras aldeias de quem são amigos ou então com os mortos de quem têm saudade. Dormem em estado de fantasma e sua imagem sai deles, como a dos xamãs. Mas nunca se afasta muito. Entre eles, apenas os bons caçadores podem sonhar um pouco mais longe. (Kopenawa & Albert 2015, p. 462)

As pessoas comuns costumam sonhar com coisas próximas, ou seja, com aquilo que faz parte de sua vida, mas mesmo assim elas conseguem ir a lugares distantes, como cidades que conhecem em sonhos. Entretanto, de forma alguma essas distâncias podem ser comparadas com aquelas percorridas pelos xamãs, mesmo porque o espaço não é o mesmo. A distância não é mensurada pelo intervalo entre dois pontos no espaço; trata-se, sobretudo, do acesso a diferentes níveis de realidade. Aquilo que separa os sonhos dos xamãs daqueles das pessoas comuns não pode ser medido pela distância que percorrem, porque o que importa não é exatamente aonde se chega no sonho, mas de onde se parte. O ponto de chegada é diferente porque o ponto de partida tampouco é o mesmo.

Os xamãs experimentam uma realidade completamente distinta da ordinária e são alçados a outro patamar. Atravessam o cosmos yanomami interagindo com os mais diversos seres que o compõem e ainda veem os mitos se desenrolando em um presente contínuo. O que sonham se relaciona sobretudo com aquilo que experimentam na vida diurna sob o efeito da *yãkoana*, i.e., durante as sessões xamânicas. Assim, a especificidade de seus sonhos, da mesma forma que sua condição xamânica, implicaria uma diferença de grau e não de substância (Campbell 1989).

O que chama a atenção nos sonhos yanomami, de xamãs ou não, é a sequência de eventos oníricos que eles conseguem concatenar em uma mesma noite. Quando eles me contavam seus sonhos, era comum relatarem que haviam tido dois ou três sonhos na mesma noite. Porém, mais do que a frequência e abundância de vários sonhos numa mesma noite, destaca-se a capacidade mnemônica das pessoas. Às vezes elas se lembravam de sonhos que haviam tido em noites anteriores.

Essa capacidade parece se alimentar sobretudo da contação dos sonhos e, portanto, da importância que a comunidade dá a eles, o que não ocorre entre nós. Socializar os sonhos permite que as pessoas os memorizem, ou quem sabe elas os memorizem para poder contá-los. São as pessoas adultas e os *pata thë pë* que contam os sonhos mais longos e detalhados; as crianças que ainda não sabem falar direito não conseguem expressar seus sonhos devidamente; os jovens, por vergonha / medo de falar, costumam silenciar seus sonhos ou contá-los de maneira breve e sem maiores detalhes. A memória e a desenvoltura para contar um sonho são habilidades desenvolvidas ao longo de uma vida inteira.

Há, porém, outro motivo para que os Yanomami façam questão de contar seus sonhos, ou de pelo menos dizer que sonham muito: o sonho é concebido como uma forma de conhecimento, e a pessoa que tem uma atividade onírica intensa é considerada sábia.

SONHOS DOS CAÇADORES

Assim, ontem eu sonhei, sou eu mesmo, eu sonhava que flechava anta, enquanto eu flecho ela é igual a um yanomae. Depois disso, eu subi um outro rio, havia muitos jacarés, então eu voltei. Em seguida eu também subi na árvore, eu subia segurando os cipós, mas eu voltei sozinho, depois de ficar com medo... Eu já falei o sonho que tive ontem. Hoje eu sonhei outra vez. Vou contar o sonho de hoje. Hoje eu estava sozinho no sonho, outros yanomae me flecha-vam, mas eu também estava bravo, assim eu sonhava. Porém eles não me mataram, apenas eu os matava, assim eu sonho que eu fiz e depois eu fugia vivo. Sim, eles queriam me flechar, mas eles não ficaram em estado de assassino (*unokae*), somente eu os flechei, assim eu fiz no sonho. Isso aconteceu comigo mesmo, por isso são verdadeiras as palavras que eu digo. Eu sonho mesmo, por isso é claro o que eu vejo, é verdade o que eu digo, assim eu sonhei.

Esse é o sonho de Arnaldo, 38 anos, um dos melhores caçadores do Pya ú. Quase todos os dias ele saía para caçar e sempre voltava com alguma presa. Arnaldo me dizia que sonhava muito porque sempre ia muito longe. Também dizia que, toda vez que tinha um sonho ruim com cobra, onça ou inimigos, permanecia em sua rede.

Arnaldo vai longe em seus sonhos porque também percorre longas distâncias durante sua vida desperta; e, se conhece bem a floresta, é porque, como todo bom caçador, vive mais tempo nela do que na casa coletiva. Dessa forma, ele aprende enquanto caça, mas também aprende enquanto sonha. Em seus sonhos, percorre os trajetos que fez durante a vigília; quando acorda, sempre está disposto a ir atrás do rastro de algum animal. Nem sempre sonha com caça, embora esse tema seja bastante frequente em seus so-nhos, mas a floresta é uma constante. E, quando sonha com al-gum animal, não corresponde necessariamente àquele que acaba flechando no dia seguinte ao sonho. De qualquer maneira, o so-nho lhe possibilita circular por lugares que estão muito presentes em sua realidade desperta. E, considerando que aquilo que sua imagem faz em sonho também lhe diz respeito, é como se esti-vesse sempre caçando, mesmo enquanto dorme.

O que faz dele um bom caçador é também não comer da própria carne que caça, o que o tornaria *sira* e afastaria os ani-mais. Aqui, mais uma vez, para ser um bom sonhador é preciso, antes de tudo, ser generoso. E a generosidade está relacionada diretamente com a valentia, da mesma forma que quem é sovina, *xiimi*, não pode ser corajoso.[8] É preciso ter coragem para poder se abrir para o mundo de alteridade que existe na floresta e no sonho. O caçador solitário que anda em meio à floresta é, num certo sentido, análogo ao xamã, que, separado de seu corpo, viaja em forma de imagem através do cosmos.

Entretanto, seria possível argumentar que o xamã nunca está sozinho. Em suas viagens xamânicas, ele está sempre acompanhado de seus espíritos auxiliares. Mas, de certa forma, o caçador também nunca está só: ele apenas não se encontra entre os seus. Em meio aos tons e sobretons de verde e marrom, na densidade da floresta oculta que se deixa entrever através dos finos raios de sol que atravessam as copas das árvores, o caçador não está sozinho. A floresta está povoada pelos outros, sejam esses outros um animal, um *xapiri* ou os inimigos *oka pë*.[9] Talvez seja porque estejam mais entre os outros do que entre os seus que os caçadores e os xamãs sejam pessoas que vão "longe" em seus sonhos. O sonho yanomami é esse não lugar onde todas as

---

8 Na ocasião de uma festa *reahu* que aconteceu na comunidade do Apiahiki, uma convidada da comunidade Iaritha comentou como as pessoas daquele lugar (no caso, seus anfitriões) eram *xiimi*, i.e., sovinas. Ao fazer um pedido de *matihi pë* (bens) para uma moradora do Apiahiki e receber um não como resposta, a convidada declarou: "*Wa uuxi proke mahi, kaho wa waitheri aimi*" (Seu interior é vazio, você não tem coragem). Marisa, que me contou o ocorrido, explicou que quem não é *waitheri* (corajoso) só pode ser sovina – e, por sua vez, só quem é corajoso pode ser generoso. Portanto, ser *xi ihete* (generoso) significa estabelecer relações, construir alianças por meio da troca. Significa relacionar-se com os de fora, sair dos seus e se abrir para o perigoso mundo da alteridade. É por isso que, para ser generoso, é preciso ter coragem. Ser um *yanomami yai* (yanomami de verdade) é ser, antes de tudo, *waitheri*.

9 Recordemos que esses inimigos sempre atacam suas vítimas quando elas estão sozinhas na floresta.

imagens se encontram e onde se está mais acessível a esses tantos outros e, sobretudo, às suas intenções.

Adailton tem 22 anos e também caça muito. É casado e tem uma filha pequena. Ao contrário dos outros jovens, conta seus sonhos com desenvoltura. Certo dia me relatou um que teve com os *xapiri pë*. Disse que via em seu sonho uma serra alta,[10] depois via os *xapiri pë*, que lhe sopravam o pó da *yãkoana*, e ele se transformava em *xapiri*. Já havia tido esse tipo de sonho algumas vezes, mas no momento não pensava em ser xamã, talvez mais tarde. Os *xapiri pë* começam a aparecer nos sonhos dos rapazes que passam muito tempo na floresta, que podem ou não optar por se tornar xamãs.

Ao contar como os *xapiri pë* começaram a aparecer em seus sonhos, Kopenawa explica que os espíritos auxiliares não aparecem para os rapazes que estão sempre atrás das mulheres. Os *xapiri pë*: "Ficam enojados com o seu cheiro de pênis e os consideram sujos. Não vêm mais visitar seus sonhos. Do mesmo modo, detestam os jovens caçadores que comem suas próprias presas. Estes também não sonham" (Kopenawa & Albert 2015, p. 95).

Nota-se a relação entre sonho, caça e xamanismo. Aquele que come a carne que caça não sonha, tampouco pode ver os *xapiri pë*. Um bom caçador, assim como um bom sonhador ou um xamã, é antes de tudo alguém que troca e que, portanto, estabelece relações com os outros. Kopenawa conta como os *xapiri pë* começaram a aparecer para ele: "Cresci passando meu tempo na floresta e foi assim que comecei, pouco a pouco, a ver os *xapiri*. Ficava concentrado na caça e, durante a noite, as imagens dos ancestrais animais se apresentavam a mim. Seus enfeites e pinturas brilhavam de modo cada vez mais nítido em meus sonhos" (p. 95). E relata como, após ter comido muito da própria caça, deixou de ser um bom caçador: "Eu sonhava sem parar naquela época, por isso

---

10 As serras e as montanhas são moradas dos *xapiri pë*.

me tornei bom caçador. Agora, já não sou tão bom. Trabalhei demais com os brancos na floresta e eles me fizeram comer minhas próprias presas muitas vezes. Isso me fez perder a habilidade de caça" (p. 99).

Se Kopenawa deixou de ser um bom caçador, só não deixou de ser um bom sonhador porque se tornou xamã. De outra forma, continuaria sonhando somente com coisas próximas e dormiria "como lâminas de um machado no chão da casa" (p. 463).

SONHOS COM *TËPËRËSIKI*

Com um ar transtornado, Robson me procura de manhã para me contar seu sonho. É um homem de quarenta anos, Agente Indígena de Saúde (AIS) da comunidade, e parece um pouco aflito. E então ele diz:

> *Awei*, hoje eu sonhei. Quando a gente estava pescando, *Tëpërësiki* nos engoliu no sonho. Eu fiquei muito angustiado, porque era muito visível. Depois eu fugi. A gente não viu ele, por isso *Tëpërësiki* nos engoliu. [...] Quando acordei, eu fiquei com o pensamento triste, porque ele engolia todo mundo, inclusive as crianças, todos que estavam pescando. Eu fiquei com muito medo, porque meu sonho foi muito nítido.

Na mitologia, *Tëpërësiki* é um ser que vive no fundo das águas e é associado a uma grande cobra. É pai de Thuëyoma, a primeira mulher, pescada por *Omama* (o demiurgo) no início dos tempos. *Tëpërësiki* é, portanto, sogro de *Omama*, e é ele quem ensina o genro a usar as plantas cultivadas.[11] Com frequência esse mons-

11 Para versões do mito em que *Omama* pesca a primeira mulher, Thuëyoma, e a origem das plantas cultivadas, ver Wilbert & Simoneau

tro subaquático extremamente temido aparece nos sonhos dos Yanomami. Quem sonha com *Tëpërësiki* não sai de casa; e, se sai, não se aproxima dos rios de águas profundas, a fim de evitar ser engolido pelo monstro.[12]

Os sonhos com *Tëpërësiki* e com os inimigos *oka pë* talvez sejam os que mais causam mal-estar entre os Yanomami, embora também provoquem angústia aqueles com animais como cobra e onça. De certo modo, no entanto, estes parecem mais contornáveis, já que são visíveis na floresta, enquanto *Tëpërësiki* e os *oka pë* são seres de outra natureza e jamais podem ser vistos aos olhos das pessoas comuns, a não ser em seus sonhos.

Há, entretanto, um tipo de sonho que causa ainda mais temor entre os Yanomami: o que se refere aos mortos. Esse sonho costuma ocorrer principalmente em duas circunstâncias, a saber, quando se trata de uma pessoa que morreu há pouco tempo e que continua frequentando o mundo dos vivos por meio dos sonhos; ou quando uma pessoa se encontra em um estado debilitado de saúde. Mas veremos que esses sonhos também podem acontecer em outros contextos. Antes de falar sobre eles, passemos primeiro pelos sonhos que parecem constituir uma forma atenuada dos sonhos com os mortos: os sonhos com pessoas ausentes temporariamente.

1990, pp. 396–400. Para versões desses mitos entre os Yanomami ocidentais, ver Lizot et al. 1991, pp. 163–70.

12 "Diz-se dos afogados que foram 'engolidos' por *Tëpërësiki* no fundo das águas. O espírito auxiliar (*xapiri*) proveniente da imagem (*utupë*) desse sogro subaquático de *Omama* (*Tëpërari*) possui uma imensa boca que engole os seres maléficos mortos pelos outros espíritos, e em seguida cospe as ossadas. Diz-se também que o interior de seu corpo arde como pimenta. Finalmente, *Tëpërësiki* é também associado à sucuri *õkarima thoki*." (Kopenawa & Albert 2015, p. 620)

SONHOS COM OS AUSENTES

Olímpia, uma *patayoma* de cerca de 65 anos, acorda angustiada: acaba de ver em sonho sua filha Marina, de quem não tem notícias. Desperta sentindo falta dela, que mora na comunidade do Apiahiki, a seis horas de caminhada do Pya ú. Quando me conta seu sonho, esclarece que na verdade quem está sentindo saudade é a filha e por isso mesmo apareceu em seu sonho. Quando eu voltar para casa e sonhar com os Pya ú *thëri*, ela diz, vou saber que eles é que estarão sentindo minha falta. Assim Olímpia também explicava os sonhos que eu tinha com minha mãe: "Sua mãe está com saudade, por isso você sonhou com ela".

Os sonhos com parentes ausentes são bastante recorrentes quando os Yanomami estão longe de casa, como quando ficam internados na Casai em Boa Vista. Sentem saudades dos que ficaram em casa; e, quando passam muito tempo na cidade, preocupam-se com os que deixaram na floresta, sobretudo com os filhos.

Certa noite eu não havia dormido bem e, na manhã seguinte, comentei isso com Olímpia, que dormia ao meu lado e com quem eu compartilhava meus sonhos. Ela me explicou que algumas pessoas da casa haviam ido a uma festa em outra comunidade e que estavam para chegar naquele mesmo dia – era por isso que eu não tinha dormido direito. Quando visitantes ou pessoas da casa estão para chegar, e não se consegue dormir[13] ou então se sonha com elas, isso significa que estão se aproximando. No fim da tarde essas pessoas chegaram. Lembro que o verbo *thapimu* se refere, entre outras coisas, a sonhar com pessoas ausentes ou lugares distantes. O sonho aqui remete sempre à ideia de distância, que, por sua vez, provoca a saudade.[14]

13 O verbo aqui é *ximakamu*.

14 Sobre a relação entre sonho e saudade, é interessante notar a sua aproximação dentro de outras línguas indígenas. Assim, reproduzo a nota

A pessoa que sonha é objeto do desejo daquele com quem sonha e, portanto, encontra-se em uma situação vulnerável em relação a esse outro.

SONHOS COM OS MORTOS

O sonho com os mortos costuma acometer pessoas que perderam parentes há pouco tempo ou que estão com a saúde debilitada. No primeiro caso, o espectro do morto realiza suas visitas oníricas aos parentes vivos até que seja dado o devido tratamento ritual às suas cinzas (Albert 1985, p. 642). No segundo, a pessoa doente passa a ser assediada em seus sonhos pelos *pore*, que as incitam a se juntar a eles nas costas do céu, o *hutu mosi*. Embora essas sejam as situações mais recorrentes em que os *pore* aparecem nos sonhos dos vivos, há outras circunstâncias em que eles se fazem presentes.

Odete, uma jovem da comunidade do Koyopi, estava de passagem pelo Pya ú. Ela havia perdido a mãe e o pai nos últimos anos. Dizia que sonhava com eles, que a convidavam para acompanhá-los ao *hutu mosi*. Apesar da alegria de encontrar os pais, ela se negava a ir com eles. Despertava desses sonhos triste e com saudade.

Ilma, uma mulher de 45 anos da comunidade do Pya ú, passou mais de um mês internada no hospital de Boa Vista. Durante esse período teve vários sonhos, tanto com os xamãs do Pya ú

de Fausto referente a línguas do mesmo tronco linguístico: "Em *wayãpi*, sonhar é *-poau* e sonho *-moau* (F. Greand 1989). São cognatos do *mo-a'o* araweté, que significa 'ter saudades'. Ambos parecem conter a protoforma tupi-guarani para estados incorporais (**a'owa*) (Viveiros de Castro 1992a, p. 208). Em parakanã, temos a expressão *-ejang-a'om* (ver forma verbal de *a'owa*), que quer dizer 'ter saudades de alguém'" (Fausto 2001, p. 345, nota 11).

como com os *pore*. Quando via os xamãs em sonho, sabia que estavam fazendo *xapirimu* para ela sarar. Também sonhava com suas filhas e sentia muita saudade. Sobre os sonhos com os *pore*, contava que eles lhes apareciam muito bem apresentados, pintados e ricamente ornamentados, dizendo-lhe insistentemente: "Venha! Venha!".[15] Ao que ela respondia: "Não, eu não quero ir!".[16] Disse que viu muitos papagaios (*werehe*) e que havia muita comida e bebida na casa dos mortos.

Não surpreende que os sonhos com os mortos sejam frequentes entre aqueles que estão com a saúde fragilizada. Se estão muito doentes e deliram, os Yanomami dizem que essas pessoas agem como um espectro, *poremu*. Sob essa condição, estão mais próximas dos mortos do que dos vivos e, portanto, essa comunicação via sonho se torna ainda mais perigosa, pois pode acabar levando o doente para o lado dos mortos.

Luigi, o xamã mais velho do Pya ú, sonhava constantemente com os *pore*, fossem esses os espectros de seus pais, que já haviam morrido muito tempo atrás, fossem os *pore* em geral, que sempre insistiam para que ele os seguisse para o *hutu mosi*. Quando sonhava com seus pais, dizia que, apesar de acordar triste, resistia a seus apelos:

> Sim, muito tempo atrás eu morri, aqui meu corpo estava deitado [na rede], minha mãe me chamou, meu pai me chamou, assim os dois fizeram, porém eles não estavam, os dois morreram. Meu pai, os Yanomami sopraram [veneno], assim foi. Minha mãe, a epidemia de catapora devorou, minha mãe morreu, virou outra. Eu ainda era criança e fiquei chorando. Eles me apressavam para

15 "*Huimai! Huimai!*", em que *huu* (verbo intransitivo que significa ir); -*mai* (sufixo centrípeto). Ir na direção do falante, no caso ir ao encontro dos *pore*.

16 "*Maa, ya huu pihioimi*", em que *maa* = negação; *ya* = primeira pessoa do singular; *huu* (ir) *pihio* (querer) *imi* (negação no presente).

seguir eles no sonho. Mas, mesmo me apressando, *eu não morro.* Depois, devagar, quando eu morrer, eu vou com meu pai, com minha mãe... Vou viver bem com eles.

Luigi resiste ao chamado de seus pais dizendo que não morre, ainda que eles insistam. Só vai quando desejar. E, quando morrer, viverá com eles onde vivem todos os mortos, no *hutu mosi.* Sim, viverá, pois quando um yanomami morre, o corpo apodrece, mas sua imagem, *utupë*, transforma-se em *pore* e segue viva em direção à casa dos mortos.

Nascido por volta da década de 1930, Luigi vivia na comunidade Marakana, localizada na mesma região do Pya ú. Era jovem quando os primeiros *napë pë* surgiram na região do Toototopi, trazendo com eles as primeiras epidemias, que tiveram um impacto devastador entre os Yanomami. Esses contatos iniciais com os *napë pë* deixaram marcas profundas na memória daqueles que vivenciaram essa época e sobreviveram a tantos lutos.[17] Até hoje o velho xamã sonha com a vida na maloca Marakana e com os parentes mortos, que vivem nas costas do céu, sempre enfeitados, prontos para uma festa *reahu* que nunca tem fim: "Eu também vi claramente os *pore.* Lá no Marakana, a epidemia matou os meus, eu via os *pore* [...] os braços enfeitados com muitas folhas de *puu hana ki*, uma folha apenas eles não colocam, miçangas penduradas no pescoço, pintados com desenhos, muitos".

Luigi me descreve os sonhos que teve quando doente, salientando que é preciso estar muito doente para poder ver os *pore* em sonhos, i.e., é preciso que já se esteja em um processo de se transformar em outro – mais próximo da morte e, por conse-

---

17 Para uma descrição da chegada dos primeiros *napë pë* na região e das consequências nefastas desse contato, ver a descrição de Kopenawa (Kopenawa & Albert 2015, pp. 235–53).

quência, dos mortos. E o velho xamã também retoma o tema da inversão do dia/noite dos vivos. Os *pore* só podem ser visíveis à noite, de dia são invisíveis. É só nesse momento que a comunicação entre eles se torna possível:

> Quando eu fiquei doente, eu adoeci, havia muitos *pore*. Estavam de pé e queriam me levar junto com eles. Se eu não tivesse acordado, não sei se eu estaria vivo, não sei... Quando eu fico apenas um pouco doente, eu não vejo eles. Os *pore* chamam para perto deles, eles ainda vivem e cantam músicas.
>
> [...] Quando a gente sonha, os *pore* são bem visíveis. Quando a gente dorme, eles ficam visíveis e chegam, dá para ver. Apenas de dia não é possível ver eles, são invisíveis. De dia eles vão, porém a gente não vê... eles chamam: "Você, venha aqui. Por que você voltou (retrocedeu)?". Eles falam: "Não volte para trás, venha mesmo!".

O sonho com parentes ausentes e com aqueles que já morreram são bem semelhantes. Nos dois casos, trata-se de alguém que não está. A aproximação entre esses sonhos deve-se também pela origem do sentimento que desencadeia: a saudade. E o que chama a atenção aqui é que, ao contrário do que se poderia imaginar, não é a pessoa que sonha que sente saudade, mas aquela que aparece no sonho. Assim, o sonho é fruto de um sentimento que vem do outro, seja esse outro um morto ou um parente ausente temporariamente. O objeto do sonho é o sujeito do sentimento, e quem sonha acorda no mesmo estado daquele que desencadeou o sonho: a pessoa acorda *xuhurumu*, triste; e fica *pihi wariprao*, com saudade.

O SONHO, A SAUDADE E O FIM DO DIA

Como todo fim de tarde, acompanhada de um grupo de meninas de idades variadas, vou até o poço, no final da pista de pouso, para me banhar. Elas vão contentes, levando panelas e garrafas PET para encher de água no fim do banho. O sol está no horizonte, nossas sombras se projetam contra a grama e a gente brinca tentando fazer as sombras ficarem ainda maiores. A algazarra dos pássaros e dos outros animais anuncia que o sol está se pondo e que mais um dia termina. Uma das meninas lembra que o dia da minha partida está próximo, então lamenta e diz que naquele exato momento, quando o sol estiver se pondo, ela vai sentir saudades. As outras escutam e repetem a mesma coisa. Eu acho graça e pergunto se elas também vão sentir minha falta de dia, e elas respondem prontamente que não – de dia estarão muito ocupadas cuidando de seus afazeres. Será apenas ao entardecer, nessa hora em que o dia acaba e a noite ainda não veio, no lusco-fusco, que sentirão saudade.

Não era a primeira vez que eu ouvia essa associação entre o fim do dia e a saudade. Luigi, com quem eu costumava conversar justamente nesse momento do dia, quando o calor estava mais ameno, entre uma conversa e outra apontava para o céu e dizia: "Quando o sol estiver nessa posição, eu vou sentir saudades. Talvez você não sinta a minha falta, mas eu vou sentir a sua. E, quando você estiver na sua floresta e sonhar com os Pya ú *thëri*, vai saber que estamos pensando em você e sentindo saudade".

Em outra ocasião, ele havia mencionado que, no fim da tarde, pensava em seu filho, Peri, que naquele momento estava em outra comunidade, realizando o serviço matrimonial (*turahamu*). Dizia que sentia sua falta e ficava triste sem ter notícias dele. Além disso, sonhava com ele frequentemente.

É curioso que, quando eles diziam sentir saudade nesse momento do dia, não atribuíam esse sentimento ao sentimento de um outro, como quando explicavam o sonho que tinham com um parente ausente ou um morto. Talvez porque, nesse caso, o outro em questão se refira à própria pessoa, ou melhor, à parte mais vulnerável da pessoa yanomami, a saber, a sua imagem. Assim, o *utupë* se constituiria como esse outro dentro da pessoa yanomami que durante o dia permanece latente e que, com a aproximação da noite, passa a se manifestar mais livremente, alcançando sua independência no momento do sonho. Uma vez livre do corpo, o *utupë* flui por um mundo de imagens, de modo que, agindo como espectro, pode entrar em contato com todos os seres a seu redor.

Entretanto, esse outro não supõe uma dualidade, é parte desse complexo que compõe a pessoa yanomami. Aquilo que afeta a imagem afeta o corpo e vice-versa. Porém, a única maneira de trazer à tona aquilo que se passa com o *utupë* durante o sonho é por meio da consciência, *pei pihi*. Senão essas experiências oníricas ficariam à deriva, vagando por um mar de imagens sem um porto onde pudessem atracar. É porque o sonho pode ficar consciente e ser socializado por meio da fala que aquilo que toca a imagem também alcança o corpo.

Quando os Yanomami dizem que só à noite é possível sonhar e que a noite é quando se sente saudade, é porque justamente nesse momento a imagem vem à tona e pode se manifestar. É por essa razão também que o sentimento, bem como toda forma de conhecimento, antes de atingir a consciência passa pela imagem. O *utupë* é, portanto, a sede das emoções, volições e saber yanomami – e tudo o que de fato importa deve necessariamente passar primeiro pela imagem.

Os sonhos com os mortos e com os parentes ausentes são desencadeados pelo sentimento desses outros. Nas duas circunstâncias, sente-se saudade. Entretanto, no caso dos sonhos com os mortos, a situação é mais grave. Eles não querem apenas contaminar o vivo com o sentimento de saudade, isso é somente o começo: o que eles querem mesmo é que os vivos passem para o lado deles, ou seja, querem que morram e se juntem a eles na grande casa coletiva que existe no *hutu mosi*.

Mas não são apenas os mortos que aparecem nos sonhos dos vivos para expressar seus desejos: outros seres também manifestam suas intenções, como os espíritos auxiliares *xapiri pë*. São eles que aparecem nos sonhos dos xamãs pedindo que cantem, e é dessa forma que surgem os cantos noturnos xamânicos.

No entanto, os *xapiri pë* podem aparecer nos sonhos dos jovens, sobretudo daqueles que passam a maior parte do tempo na floresta caçando, como no caso de Adailton e Kopenawa. Este último também relata a aparição desses espíritos em seus sonhos quando ainda era criança:

> Naquele tempo, os espíritos vinham me visitar o tempo todo. Queriam mesmo dançar para mim; mas eu tinha medo deles. Esses sonhos duraram toda a minha infância, até eu me tornar adolescente. Primeiro, eu via a claridade cintilante dos *xapiri* se aproximando, depois eles me pegavam e me levavam para o peito do céu. [...] Os *xapiri* não paravam de carregar minha imagem para as alturas do céu com eles. É o que acontece quando eles observam com afeto uma criança adormecida para que se torne um xamã. (Kopenawa & Albert 2015, pp. 89–90)

E acrescenta que dessa maneira os *xapiri pë* vão se interessar por aqueles que poderão, uma vez adultos, tornar-se xamãs.

> Entre nós, é assim. Primeiro os *xapiri* olham com afeto para a pessoa, quando é criança. Então ela fica sabendo que estão interessados nela e que vão esperar até ficar adulta para se revelarem de verdade. Depois, conforme cresce, eles continuam a observá-la e a testá-la. Por fim, se a pessoa quiser, pode pedir aos xamãs mais velhos de sua casa para lhe darem *yãkoana* para beber. (p. 100)

São os *xapiri pë*, portanto, que decidem quando devem aparecer nos sonhos dos Yanomami, seja nos sonhos dos xamãs, quando querem fazê-los cantar; seja nos sonhos dos não iniciados, quando percebem um xamã em potencial. Nos dois casos, é a intenção desses espíritos auxiliares que desencadeia os sonhos nos vivos.

Outro tipo de sonho que se enquadra na mesma lógica é aquele que resulta de magia amorosa. A pessoa apaixonada faz um preparo de ervas[18] e põe na bebida daquela que ela quer que se enamore dela. Após ingerir a substância, a pessoa dormirá e sonhará com aquela que preparou a poção. Acordará pensando nela, sentindo saudade. Foi assim, Fátima me explicou, que ela conseguiu fazer com que Ari, seu atual marido, perdesse o medo/vergonha e se aproximasse dela. Mais uma vez, a pessoa que sonha é o objeto do desejo de um outro e seu sonho é desencadeado por uma vontade que lhe é completamente alheia.

Finalmente, acrescento os sonhos com animais temidos, como cobra e onça, que põem os Yanomami numa situação de "presa". Quando alguém sonha com cobra, não é ao desejo da cobra que a pessoa sucumbe, mas ao desejo de um outro, provavelmente um inimigo. Assim, quando uma cobra aparece no caminho de uma pessoa na floresta, certamente foi um xamã inimigo quem a botou ali, e o presságio do sonho é apenas a visualização de um desejo que vem desse outro.

Em todos esses contextos é sempre a pessoa que sonha que é, num certo sentido, "presa" daquele que aparece no sonho. O sonho é fruto dos desejos e intenções dos outros e a pessoa que sonha estaria mais acessível a essas vontades que lhe são alheias, mas que a atingem naquilo que lhe é mais caro, sua imagem.

---

[18] Sobre o uso de plantas para magia amorosa e de uso ritual, ver Albert & Milliken 2009, pp. 138–44.

Durante o sonho, portanto, a pessoa estaria mais suscetível à vontade e ao desejo do outro. Ao contrário do que supõe a psicanálise freudiana, para a qual o sonho seria o resultado de um desejo inconsciente de quem sonha, no caso dos Yanomami o sonho se constitui antes como o desejo manifesto de um outro, seja esse outro um morto, um espírito ou um animal. Mas são os vivos que decidem o que fazer de tais investidas.

CAPÍTULO 4

RÉQUIEM PARA UM SONHO

Estou acompanhada de um grupo de pessoas e estamos prestes a fazer uma viagem. O trem que pegamos tem alguma coisa de diferente, mas eu não consigo perceber o que é. Só lembro de a viagem ser meio sinistra e bastante incômoda.

Quando chegamos ao nosso destino, seguimos em direção à casa da pessoa que vamos visitar. É essa, inclusive, a razão da viagem. Encontramos o tal endereço. Para chegar até o apartamento que buscávamos, temos de subir uma escada estreita e íngreme. Eu sou a primeira a subir e, quando estou no topo da escada, um jovem com um violão cruza comigo. Olhamo-nos, ele sorri discretamente. Tenho a impressão de que o conheço.

Uma senhora de ar austero nos abre a porta. Ela já está à nossa espera e faz sinal para entrarmos. Estamos todos na sala de estar, sentados em cadeiras de madeira dispostas em círculo. Entretanto, há algo muito estranho tanto na mulher como ao redor. E me custa um pouco identificar o que venha a ser. De repente me dou conta de que todos os móveis do apartamento estão queimados, assim como sua proprietária, ou seja, o apartamento havia sido incendiado, e a mulher que nos recebia estava igualmente carbonizada. Assim, embora falasse conosco e gesticulasse normalmente, na verdade ela estava morta.

Não sei se sou a única a perceber a situação em que nos encontramos, pois os demais agem com naturalidade. Então eu tento falar e gesticular com as pessoas que estão próximas a mim: "Essa mulher está morta, vocês não estão vendo?". Com discrição, as pessoas me pedem que pare de falar e aja normalmente. Fico completamente sem saber o que fazer e só sinto vontade de sair o mais rápido possível daquela situação.

De repente ouço uma voz ao fundo. É Olímpia, que me diz alguma coisa que eu não consigo entender. Levanto a cabeça e me dou conta de que estou na minha rede e já amanheceu. Olímpia passa por mim e repete: "Você está dormindo demais, deve estar doente!". Eu olho meu relógio e são sete horas da manhã. A maloca estava praticamente vazia; os homens já haviam saído para caçar e as mulheres tinham ido à roça. "Eu, doente, será?". Reflito sobre meu estado de saúde – tirando os vermes e parasitas que se apoderaram do meu corpo, eu me sinto bem. Esforço-me para sair da rede, um pouco envergonhada de ainda estar dormindo àquela hora do dia, e tento fixar o sonho que acabei de ter. Sinto um calafrio ao lembrar que a mulher estava incinerada.

Começo a tentar entender meu sonho e concluo que precisava pegar um trem porque a única maneira de chegar até um morto é fazendo uma viagem. O músico que encontro no topo da escada é quem pode ir e vir do mundo dos mortos sem sofrer nenhuma sanção. É como se os artistas não pudessem morrer, pois estariam, assim como a arte, acima da vida e da morte...

Entretanto, o que importa não é o meu sonho em si, mas aonde ele me levou. Pela manhã vou visitar Fátima e aproveito para ver o que há para comer. Enquanto comemos e conversamos, eu conto a ela a história da mulher que estava morta e não sabia. Fátima e seu marido, Ari, dizem que os Yanomami também costumam ter esse tipo de sonho com os mortos (*pore*). Entramos, então, em uma conversa sem-fim sobre os *pore* e a vida que levam nas costas do céu, o *hutu mosi*.

Enfim, chegamos ao mito do retorno dos mortos. Há meses eu estava querendo perguntar sobre isso. Além de se tratar de um tema que não aparecia no repertório de mitos que os xamãs me contavam, referia-se a um assunto que eu não sabia muito bem como abordar, os mortos, ainda que fosse dentro do contexto mítico. Então Fátima e Ari me contaram esse mito. E Ari, que é xamã, disse que já havia sonhado com essa história, mas acrescentou que quem conhecia mesmo o assunto era seu pai, Luigi, o velho xamã do Pya ú.

O mito se refere a um momento em que os *pore* voltam para viver de novo entre os vivos. A casa coletiva, antes vazia pela ausência daqueles que morreram, passa a ser reconstruída pelos mortos. Uma mulher que perdera a filha e acabava de incinerar os ossos dela se alegra ao reencontrar a filha morta, que não entende o que está acontecendo e pergunta: "Mãe, por que seu rosto está pintado de preto?".[1] Mas a mãe tenta a todo custo despistar a morta. Então ela olha para o cesto que contém seus ossos incinerados[2] e pergunta: "Mãe, o que há dentro deste cesto?". E a mãe dissimula, mas os papagaios respondem: "Esses são seus ossos queimados!". Nesse momento os inhambus cantam e levantam voo. Os *pore* os seguem em direção ao céu. A filha morta vai atrás dos *pore*. A mãe ainda tenta retê-la em seus braços, mas restam apenas pedaços de carvão em suas mãos.

Esse mito se refere a um tempo em que os mortos ainda podiam retornar ao mundo dos vivos. O total desconhecimento da filha morta sobre sua condição deixa entrever a perspectiva que os mortos têm de si mesmos: eles não se percebem como *pore*. O inhambu (*Tinamus major*) que os *pore* acompanham rumo ao céu é uma ave associada à morte (Lizot 2004, p. 47), e seu canto se faz ouvir durante o entardecer.

---

1   Como sinal de luto, as mulheres passam uma mistura de resina e carvão nos pômulos do rosto.

2   A cremação dos mortos yanomami é uma das etapas iniciais do ritual funerário. Para uma descrição detalhada do tratamento das cinzas, bem como de todo o rito funerário, ver capítulo 2 em Albert 1985.

O que mais chama a atenção nesse mito é que ele remete aos sonhos que os Yanomami costumam ter com seus parentes mortos, quando o morto retorna para o convívio dos vivos como se nada tivesse acontecido. Os *pore* se veem como os vivos, i.e., como os Yanomami. E depois, como no mito, vão embora. Outro aspecto interessante é que Ari conta que já havia sonhado com esse mito, assim como seu pai, Luigi, que sabia contar melhor tal "sonho". Essa relação entre sonho e mito não é fortuita.

Por ora, fiquemos com a descrição do destino póstumo yanomami, o *hutu mosi*, feita por aquele que sabe contar os sonhos: o velho xamã Luigi.

HUTU MOSI: A CASA DOS *PORE*

Eu vejo os *pore* em sonho. Quando nós morremos, os espectros [*pore*], eu também vejo. Eu vou para a casa dos mortos em sonho. A casa deles é muito grande, não é pequena. Ela é muito bonita. Os *pore* continuam belos, assim eu vejo eles, *huu!* Eu vejo muito no sonho esses seres em todas as direções.

Quando nós, Yanomami, morremos, a pele apodrece, e o *pore* saudável vai embora. Apenas a pele apodrece, o *uuxi* [centro vital] continua muito saudável, vivo. O braço enfeitado de penas de tucano, pele de caça, com as orelhas enfeitadas, assim o *pore* vai embora. As mulheres moças, quando morrem, vão embora muito bonitas, com folhas *puu hana ki* nas orelhas, com miçangas penduradas.

O caminho que leva até os *pore* é muito visível. Apesar de parecer muito longe, fica muito perto. Mesmo o céu sendo alto, quando morremos somos levados e chegamos ao *hutu mosi* sem avisar. Ah! Então o caminho fica visível e aparece a porta grande da casa dos *pore*.

No *hutu mosi*, os *pore* continuam fazendo festa. Fazem festa da pupunha. Ainda cantam, ainda fazem músicas, enquanto *es-*

tão vivos fazem músicas. Conservam os seus cantos enquanto dançam, pois querem cantar! Assim, eles se pintam, desenham os olhos, enfeitam as orelhas. Eles colocam enfeites nos lóbulos das orelhas, usam miçangas, enfiam penas de rabo de papagaio nas orelhas, no lábio inferior colocam penas de mutum, agem como moças [*mokomu*]... Os *pore* continuam transando, não param de transar, não tem fim, é mesmo muito igual aqui, não é diferente não.

O *pore* vai embora jovem, o corpo permanece deitado à toa [na rede]. O *pore* é muito vivo, ele não vai doente. A pele morre deitada, mas o *pore* vai embora muito vivo, continua fazendo roça, continua tomando mulher. Os *pore* são muitos, muitos mesmo...

As velhas, quando morrem, tornam-se moças, agem como moças ainda, continuam brincando. Os homens continuam mexendo com elas, outros fazem amizade. Assim continuam fazendo os *pore*. Eles não param, eles fazem da mesma forma que faziam quando estavam vivos. Primeiro, quando são moças, os homens fazem amizade com elas. Depois um homem a chama e eles vão juntos para a floresta. Ainda vão muito atrás, não tem fim, assim continua igual, não pensam de outra forma. Outro pensamento não conhecem, assim é. "Os *pore não viram moça!*", não pense dessa forma! Continuam brincando, o homem vê ela bonita, pega outra vez, assim é.

Os *pore* também brigam. Assim como os Yanomae, eles também defendem as mulheres. Eles se flecham uns aos outros ainda. Assim os *pore* continuam fazendo, continuam sendo guerreiros [*waitheri*]. A valentia não acaba, assim eles são no princípio e igual continuam, assim eles fazem...

No começo, quando chegam ao *hutu mosi*, os *pore* são jovens, mas depois ficam velhos, os olhos ficam ruins. Os *pore* também ficam cegos quando se tornam muito velhos [...]. Depois morrem novamente [no *hutu mosi*]. Ah! Aqui os *pore* ainda descem, uma mosca gigante; é uma mosca muito grande mesmo. Tem olhos e encontra no chão a carne de caça podre. Descendo até aqui, o *pore* se transforma em uma mosca gigante... Quando vira mosca, ela não morre mais. Ela continua viva, pela floresta ela continua indo, na casa dos Yanomami ela não vai, assim ela é...

Já as crianças, quando morrem, viram papagaios [*werehe*]. Depois de se tornarem papagaios, elas gritam muito. Os velhos não se transformam em papagaios, eles apenas vão embora jovens e adornados. Aqui, quando morremos, o centro vital [*uuxi*] vai embora, a pele continua deitada...

Quando nós morremos, os *pore* não ficam com raiva. Eles são amistosos, alegres, eles riem. Assim são os *pore*.

Essa é a descrição do *hutu mosi*, destino e morada dos mortos yanomami, feita pelo xamã Luigi. O *hutu mosi* corresponde ao céu que os Yanomami veem a partir do nível terrestre. É o destino póstumo dos espectros dos vivos, i.e., dos *pore*. O caminho que o *pore* percorre para chegar ao céu, apesar de parecer longo aos olhos dos vivos, não é. Quando chega ao *hutu mosi*, o *pore* depara com uma grande casa coletiva que se caracteriza sobretudo por estar sempre em festa. Todos vivem felizes, a comida é farta e variada. Além disso, ao chegar lá os *pore* passam por um processo de rejuvenescimento, voltam a ser moças e rapazes. E, como tais, estão sempre belos e devidamente enfeitados, dançam e cantam o tempo todo e, é claro, copulam entusiasticamente.[3]

---

3 Essas características do céu dos mortos lembram em muito as descrições de Cocanha, país imaginário descrito por poetas e pensadores desde a Idade Média e que expressava uma terra de abundância, ociosidade, juventude e liberdade (Franco Junior 1998). Por sua vez, essa Cocanha lembra em muito o carnaval, marcado, entre outras coisas, por uma suspensão do trabalho cotidiano e uma ênfase na licenciosidade sexual. Um dia antes de começar o *reahu*, um jovem yanomami me disse em português: "Amanhã, começa o nosso carnaval!".

Mas nem só de festa vivem os *pore*. Eles também fazem roças, caçam e pescam, realizam as mesmas atividades cotidianas que costumavam desempenhar quando estavam no patamar dos Yanomami. Além disso, participam de excursões guerreiras contra grupos inimigos, eles também *pore*. Eles são muitos.

Os *pore* se casam com as mesmas pessoas com quem se haviam casado no patamar terrestre e com elas têm os mesmos filhos. Com o passar do tempo, eles também envelhecem e, ao morrer, transformam-se em moscas gigantes que vão viver no patamar terrestre, porém longe de onde vivem os Yanomami. Já as crianças, quando morrem, viram papagaios que estão sempre em bando no céu, em revoada e fazendo barulho.

Após essa descrição do céu dos mortos, cabe registrar alguns momentos de uma festa *reahu*, a fim de estabelecer algumas aproximações entre o céu dos mortos e a festa que os vivos lhes fazem. O *reahu* é uma festa realizada entre comunidades ligadas por laços de parentesco e afinidade, mantidos por uma relação de trocas e circulação de bens e pessoas.

Quando um yanomami morre, seu corpo é envolto em uma esteira e posto na floresta para que se decomponha. Cerca de um mês depois, é queimado no centro da casa coletiva. Os ossos calcinados serão pilados cuidadosamente e, em seguida, depositados em cabaças funerárias que serão seladas e distribuídas entre aqueles que ficarão responsáveis pela continuidade do ritual funerário. Esse ritual acontece durante as festas *reahu*.

Assim, no decorrer de sucessivas festas – que podem durar alguns anos, a depender do número de cabaças, entre outras coisas –, as cinzas do morto serão enterradas ao fim de cada celebração. Com isso os Yanomami procuram dar às cinzas o devido tratamento, fazendo com que o morto siga de uma vez por todas para o *hutu mosi* e deixe de importunar os vivos. Mas os mortos só vão embora quando querem...

MOMENTOS DE UMA FESTA *REAHU* [4]

Fátima me chama, estamos atrasadas. A maloca está vazia, até os cachorros se foram. As mulheres já estão no mato. Saio correndo atrás dela e peço que antes passemos no posto de saúde para eu pegar meu chapéu e minha máquina fotográfica.

No fim da pista de pouso, tomamos o caminho à esquerda para encontrar as outras mulheres. Apesar da pressa, Fátima para, entra no mato e retira um caule de uma planta; alisa-o a fim de tirar qualquer farpa e delicadamente o insere no septo nasal. Olha para mim e sorri satisfeita, como se tivesse encontrado o último detalhe que faltava para compor o seu visual.

"Você age muito como uma moça, Fátima!", digo-lhe sorrindo e brincando com sua vaidade. Ela me sorri de volta e responde: "Quando há festa, eu me torno moça. Depois, quando a festa acaba, eu volto a ser velha novamente".

Seguimos para a clareira, que fica a poucos metros da casa coletiva. Lá encontramos as mulheres e as crianças em plena ação. O cheiro de urucum predomina e marca os corpos.

Espelhinhos com moldura de plástico cor de laranja passam de mão em mão. Com palitos ou canudinhos feitos dos caules de plantas encontrados pelo caminho, as mulheres confeccionam pequenos pincéis com os quais vão pintar umas às outras. Enfiam uma das pontas nos recipientes com urucum e nos potes de violeta genciana e delicadamente vão traçando linhas senoidais, uma no corpo da outra.

---

4 Apresento aqui recortes dessa festa com o intuito de indicar algumas aproximações com o céu dos mortos. Para uma descrição pormenorizada do processo de preparação do ritual funerário desde a morte da pessoa até sua culminação na consumação das cabaças funerárias, bem como uma descrição da festa *reahu*, ver Albert 1985, pp. 382–523.

É um frenesi total. Esse é o momento que antecede a dança que faremos ao entrar na maloca, onde os convidados já nos esperam. É a nossa vez de dançar para eles. Os homens também costumam se preparar para esse momento, mas por alguma razão apenas dois *pata* apareceram; e as mulheres, furiosas, pintam-se maldizendo a preguiça e a falta de participação dos homens.

Após um período que dura horas, todos devidamente pintados e ornamentados, seguimos em fila indiana em direção à casa, soltando gritos eufóricos e anunciando a nossa aproximação. Do lado de dentro da casa, gritos não menos entusiasmados respondem à nossa chegada, indicando que já nos aguardam. Do lado de fora, os outros homens surgem já ornamentados. Paramos em frente a uma das entradas e aos poucos as pessoas decidem quem entra com quem e quem entra primeiro. Entram, então, os mais jovens, os rapazes, devidamente ornamentados e portando seus arcos e flechas nas mãos – mas às vezes pode ser uma espingarda, lanças ou qualquer objeto. Esse momento é marcado por um ar de extrema jocosidade, sobretudo entre os homens, que às vezes buscam objetos inusitados para tornar a performance ainda mais cômica.[5]

Entram dando passos para frente e para trás. Parando em alguns momentos diante dos que estão dentro da maloca, jogam o objeto no chão, depois o recolhem e seguem adiante até contornar toda a casa. E saem por onde entraram, dando vez para os que ainda não dançaram. As moças entram com folhas no-

---

5 Essa dança de apresentação que os convidados realizam no início de uma festa *reahu* é a mesma que os espíritos auxiliares *xapiri pë* realizam para seus pais, xamãs, sendo que esta última se constitui como uma réplica superlativa daquela (ver Kopenawa & Albert 2015, pp. 612–13, nota 17).

vas de palmeira que foram devidamente trançadas ou desfiadas quando se pintavam. Entram aos pares, em trios ou sozinhas. Em seguida, entram os mais velhos.

Enquanto isso os xamãs inalam *yãkoana*, dançam e cantam do lado de fora. Nesse momento, é comum que as mulheres também inalem um pouco da substância psicoativa para deixar de ter vergonha/medo e dançar com desenvoltura. Agitam nas mãos os objetos que carregam. As anciãs, as *patayoma*, dançam freneticamente agitando os braços ao lado das orelhas, como se estivessem levantando um peso imaginário.

Os que estão dentro da maloca – no caso, nossos convidados – estão enfileirados, também devidamente ornamentados, dando passos para frente e para trás, mas sem sair do lugar, e saúdam aos gritos os que passam dançando. Ao completar a volta na maloca, os dançarinos saem e dão vez aos que ainda não dançaram. Por fim, todos que estão fora entram e dão mais uma volta, levantando poeira e criando um grande bloco humano que canta e dança. Anfitriões e convidados se juntam e vão dançar, indo para um lado e para o outro, os homens na frente e as mulheres atrás, com os filhos pequenos a tiracolo, e as crianças ao redor fazendo algazarra.

Na véspera, o primeiro dia de festa, foi o contrário: nós, os anfitriões, aguardamos impacientes a chegada dos visitantes, que fizeram essa mesma dança de apresentação. Na qualidade de visitantes, ao fim da dança os homens se postam um ao lado do outro dentro da casa, acocoram-se com seus arcos e flechas na mão, enquanto aguardam os anfitriões. Estes chegam eufóricos e saúdam freneticamente seus convidados, abraçando-os e dizendo palavras amistosas. Em seguida, pegam um por um e levam até o lugar onde deverão pendurar suas redes. As mulheres, que estão sentadas perto de uma das entradas da casa e rodeadas de crianças, seguem em disparada em direção aos maridos, carregando seu cesto com toda a parafernália da família: redes, panelas, cuias, facas, cachorros, tudo que será necessário para passar os próximos dias.

Para qualquer canto que se olhe, redes de cores e tecidos variados se sobrepõem amarradas umas em cima das outras e balançam vigorosamente. Dentro delas, cunhados, primas, parentes que não se veem há algum tempo botam os assuntos em dia. Um clima de alegria e flerte paira no ar, ouvem-se vozes e risadas por toda parte.

Enquanto isso, no centro da casa, em plena luz do dia, começa a ingestão do mingau de banana.[6] A bebida, que consiste basicamente em quilos e mais quilos de banana cozida e diluída em água, é armazenada dentro do tronco de uma grande árvore que, semanas antes, fora derrubada e talhada, qual uma canoa, para essa finalidade.

Cunhados oferecem uns aos outros cuias cheias de mingau. Quanto maior o recipiente, maior o desafio. E, na falta de cuia, garrafas PET cortadas, bacias de alumínio, jarros de plástico também servem. O homem que recebe o recipiente transbordando de mingau deve esvaziá-lo, de preferência em goles cavalares, sob os olhares atentos dos demais, que, ao verem a cuia vazia, soltam gritos entusiasmados. As mulheres também oferecem e recebem cuias, tendo como alvo sempre os homens com os quais possuem uma relação de afinidade. É impensável recusar uma cuia. E, em socorro a um homem bombardeado por mulheres que trazem cuias de todos os lados, surgem outros homens, oferecendo para essas mulheres cuias ainda maiores.

Entre os jovens, esse momento constitui uma ótima ocasião para aproximar moças e rapazes que desejam se conhecer. Esse será o princípio do que mais tarde poderá vir a ser um intercurso sexual. As crianças, com suas pequenas cuias, também partici-

---

6 Na falta de banana, pode-se também realizar uma festa com mingau de pupunha ou ainda macaxeira.

pam. Os meninos, com as barriguinhas estufadas, reclamam, mas tomam a bebida ofertada pelas meninas – e, por sua vez, correm em direção à canoa para buscar mingau e ofertar a bebida.

Os homens da casa me mandam oferecer mingau aos visitantes, e as mulheres apontam os homens a quem eu devo me dirigir – em geral são os que já estão com as barrigas inchadas. Vou lá com a minha caneca oferecer mingau e, depois de algumas rodadas, diversos homens me acusam de cometer incesto. De fato, não havia atentado para as relações de parentesco que me ligavam aos homens para os quais eu oferecia a bebida, apesar de saber que vários deles diziam ser meus irmãos com o simples intuito de recusar minha cuia.

É evidente que existe, nesse momento jocoso de oferta de mingau, um duelo / disputa: por um lado, entre visitantes e anfitriões; e por outro, entre homens e mulheres. O verbo utilizado para oferecer-se reciprocamente o mingau nesse momento é *xëyu* – *xë-* é a raiz verbal e significa, entre outras coisas, bater, golpear, matar (Lizot 2004, p. 382); *-yu* é um sufixo verbal recíproco; logo, *xëyu* seria bater-se ou matar-se reciprocamente.

Os homens atacam os cunhados; as mulheres, os maridos em potencial. Nesse duelo há uma oposição entre consanguíneos e afins, mas também entre homens e mulheres, quando então a oferta de mingau nem sempre simboliza ataque, mas pode sugerir interesse sexual, sobretudo entre os jovens. É por isso que os homens para quem eu oferecia mingau e que diziam "ter uma relação de parentesco comigo" me acusavam de incestuosa. Essa rivalidade entre homens e mulheres também aparecerá em outros momentos no decorrer da festa.

O homem desafiado prova sua valentia tomando a bebida até o fim. Fugir de uma cuia ou sair antes de acabar todo o mingau é sinal de covardia. Os duelos continuam por horas a fio. À medida que a canoa se esvazia, as barrigas se enchem e dilatam; e, antes que explodam, o líquido é vomitado em jatos ferozes que jorram em todas as direções, deixando o centro da casa amarelado e com um cheiro azedo de banana que se espalha pelo ar. Cada vômito incita ainda mais o ânimo geral: os homens soltam gritos, e mais cuias cheias são oferecidas àquele que acaba de vomitar. Um misto de exaustão e zombaria toma conta de todos. E, antes de anoitecer, empanturrados, empinam com certo orgulho seus ventres dilatados e caminham lentamente em direção às suas redes, onde vão permanecer até o dia seguinte ou até o próximo evento.

OS DIÁLOGOS CERIMONIAIS *WAYAMU* [7]

Cai a noite e as redes continuam agitadas. Os fogos são acesos e esquentam as panelas e as conversas das pessoas. A lua cheia ilumina o centro da casa. Quase despercebidos, dois homens caminham para o meio, posicionam-se de cócoras e começam a cantar frases ritmadas. Um é o anfitrião, o outro é o convidado – e ambos ficam durante um bom tempo nesse diálogo cerimonial, trazendo notícias de longe, dando recados, falando da festa. As pessoas parecem não prestar atenção, mas todo mundo ouve, ou quase todo mundo. Ao longo da noite, os pares vão se substituindo, sempre mantendo essa formação: um anfitrião e um convidado. Os mais jovens costumam falar primeiro e gaguejam diante do árduo exercício, que requer habilidade. Gargalhadas estouram de um lado e outro, fazem-se comentários hilários sobre a performance dos novatos. À medida que a noite avança, a casa silencia, e o *wayamu* prossegue. Agora são os mais experientes que vão para o centro da casa, os *pata thë pë*. Esse diálogo permanecerá até os primeiros raios de sol, quando os ho-

---

[7] Para uma descrição mais detalhada do *wayamu*, ver Lizot 1991 e Kelly 2017.

mens voltam para suas redes. Antes que se possa dormir, a casa acorda, e já é hora de preparar mais mingau para tomar à tarde.

AS DANÇAS NOTURNAS

Assim segue mais um dia de festa. E, quando chega a noite e eu penso que vou poder dormir, mais uma vez passamos uma noite em claro. É a noite em que as mulheres dançam. Assim como no *wayamu*, quase sem dar na vista, um bando de meninas começa a puxar um canto. Uma canta, mas, tímida, desafina – para o prazer de todos, que dão risadas. Gritos masculinos de incentivo soam de todos os lados. Aos poucos outras mulheres vão se juntando ao pequeno grupo. Mulheres com seus filhos a tiracolo, meninas segurando seus irmãozinhos pelas mãos, velhas se apoiando em paus para poderem acompanhar. Caminham na parte coberta, contornando a maloca por dentro, e assim seguem noite adentro. As mais jovens que não se juntam ao grupo são instadas pelas demais a levantar da rede e a engrossar o coro. Com o passar das horas, o corpo já não aguenta mais, as vozes ficam roucas. Mesmo assim elas seguem, estimuladas pelas mulheres mais velhas, as *patayoma*, até o amanhecer. Nesse momento da dança e do canto noturno, também surge uma espécie de rivalidade entre homens e mulheres. É preciso aguentar firme a noite toda e, se possível, não deixar que os homens durmam. As moças balançam as redes dos rapazes, chacoalham cabaças barulhentas, amarram nos pés badulaques de toda sorte e pisam com força para se fazerem ouvir. Os rapazes mudam suas redes de lugar ou mesmo dormem em outra maloca para fugir das investidas das mulheres.

Os galos começam a cantar, o que não significa que esteja amanhecendo, pois na floresta eles cantam quando bem entendem. Mas é um sinal de que é preciso aguentar firme, pois daqui a pouco o sol vai nascer e finalmente as mulheres vão soltar seu grito coletivo e se banhar no rio antes de se deitar em suas redes.

Mas amanhece e a festa continua. De dia há muito o que fazer, não dá tempo de dormir. É preciso preparar mais mingau; dependendo da quantidade de carne, os homens saem para caçar. Se há algum lugar bom para pescar, os homens saem em busca de timbó para bater,[8] e as mulheres e os filhos vão junto, com seus cestos *xote he,* para pegar o maior número de peixes possível.

Novamente cai a noite e dessa vez são os homens que cantam. Como as mulheres, começam aos poucos. Os mais jovens, seguidos de bandos infantis, entoam as canções. Um canta primeiro e em seguida o grupo repete em coro – e assim continuam uma dezena de vezes, até outro jovem, por livre e espontânea pressão, entoar uma nova canção. Assim cantando, fazem o mesmo percurso das mulheres: contornam a casa, passando em frente de todos os fogos. Os rapazes são muito mais ofensivos em suas investidas para impedir que as moças durmam. Os meninos batucam em panelas roubadas de suas mães e avós, arrastam garrafas PET cheias de pedrinhas, usam qualquer coisa que encontram com a qual possam batucar; e, sempre que podem, dão fortes solavancos nas redes das jovens. As moças, por sua vez, sobem cada vez mais as redes, a fim de se safar dos rapazes. Eles não desistem e, mesmo com as redes amarradas a três metros do chão, atiram objetos em direção às moças. Outras jovens revidam jogando água ou qualquer coisa que grude nos cabelos. Os jovens batem em retirada; durante toda a noite, só se veem

---

8 A pesca com timbó é uma pesca coletiva realizada por homens e mulheres e bastante comum durante a estação seca. O timbó é um veneno vegetal que, lançado nas águas, provoca a asfixia dos peixes, fazendo com que eles boiem, tornando a pesca mais fácil e proveitosa. Para uma descrição detalhada dessa atividade e dos tipos de plantas usadas pelos Yanomami como veneno de pesca, ver Albert & Milliken 2009, pp. 69–73.

vultos correndo em várias direções e gargalhadas por todos os lados. As *patayoma* furiosas gritam, protestando contra o roubo de suas panelas e o estardalhaço dos rapazes. Esses protestos só fazem atiçar ainda mais o ímpeto dos jovens, que alegremente continuam com sua algazarra.

Os homens terminam a cantoria assim que começa a amanhecer; e, tal como fizeram as mulheres, vão se banhar no rio e tentar dormir um pouco, em vão, pois já é dia.

Esse momento,[9] como toda brincadeira entre sexos opostos, evidencia uma tensão sexual que envolve a atmosfera da festa. Não à toa essas provocações ocorrem predominantemente entre as moças e os rapazes solteiros, ou seja, entre os jovens. A noite é também o momento ideal para os encontros amorosos, pois é durante essas festas que ocorre uma intensa circulação de pessoas vindas de outras malocas. E, como são noites tumultuadas, regadas a cantos e danças, é fácil dormir em outras redes sem levantar maiores suspeitas.

Amanhece mais um dia, e os cachos de bananas pendurados[10] vão diminuindo – sinal de que a festa está chegando ao fim. A cada dia, pencas e mais pencas são descidas e cozidas em enormes panelas de alumínio para o preparo do mingau, que será mais uma vez ingerido e vomitado. As mulheres vão para a roça buscar o máximo de macaxeira possível e voltam com os cestos carregados. As meninas também acompanham as mães nessas tarefas. Passam o dia a descascar quilos do tubérculo para

9   As danças não são realizadas necessariamente nesta ordem: mulheres em um dia, homens em outro. É comum também, numa mesma noite, cantarem os homens primeiro e depois as mulheres, ou vice-versa, ou ainda homens e mulheres dançarem juntos.

10   Os cachos de banana são pendurados imediatamente após a volta dos caçadores, que passam de dez a quinze dias no mato fazendo uma caçada coletiva, *hwenimu*, e moqueiam a carne que será distribuída ao fim da festa.

ralar, espremer e, na manhã seguinte, preparar os beijus que os visitantes levarão para casa junto com a carne moqueada.

Na manhã seguinte, bem cedinho, as placas de ferro já estão sobre os fachos de lenha. A massa extraída da macaxeira, devidamente peneirada, transforma-se numa farinha branca e úmida que será moldada pelas mãos das mulheres, as quais, com o auxílio de uma faca, dão acabamento aos grandes discos de beiju. A fumaça das fogueiras cobre toda a parte baixa da casa e sobe pela parte alta até encontrar os raios de sol filtrados pela palha do teto, formando numerosos feixes de luz. O cheiro inebriante de beiju recém-assado se espalha por toda a maloca. Os discos são empilhados e entregues ao "responsável" pela festa,[11] que no último dia, junto a outros *pata thë pë*, os distribuirá aos visitantes, ao lado da carne.

O CHORO FÚNEBRE E O ENTARDECER

O choro marca o clímax e o desfecho do *reahu*. É nesse momento que se evidencia por que todos estão reunidos na mesma casa há dias. Há um morto para ser chorado e suas cinzas precisam ser devidamente enterradas. O choro fúnebre acontece no fim da tarde.[12] Aos poucos as mulheres vão se juntando em frente à casa

---

11 Os organizadores da festa podem ser homens ou casais que receberam uma cabaça com as cinzas do morto e se comprometeram a realizar o ritual funerário. As cabaças são deixadas aos cuidados das mulheres. Na frente de suas casas começam a ser pendurados os cachos de banana e em cima de seus fogos fica suspensa a carne moqueada que será distribuída ao fim da festa. É no pilar de sua casa que, no fim do *reahu*, as cinzas do morto serão enterradas.

12 Durante o trabalho de campo, participei de quatro *reahu*. Em um deles, o choro ocorreu de madrugada. Em outro, um *pata* chamou as pessoas para chorar, dizendo que, apesar de o sol ainda estar alto, já era hora de

onde está a cabaça com as cinzas do morto. Acompanham-nas os homens, os jovens, as crianças. Todos se acocoram e começam a chorar.

As *patayoma*, com os pômulos enegrecidos, levantam os braços e aos prantos evocam frases que enaltecem as virtudes do morto. Algumas andam em duplas de braços dados, vão de um lado para o outro, chorando seus lamentos. Às vezes, quando há roupas ou qualquer objeto do morto que deverá ser destruído, elas levantam a peça, abraçam, passam de mão em mão, até que ela vai parar na fogueira e é queimada pelas brasas do fogo. As labaredas se intensificam com a combustão do objeto, e os gritos e choros também aumentam. Todos choram, crianças, jovens, velhos.

Um buraco é cavado bem embaixo do fogo doméstico. A cabaça que passou de mão em mão é, enfim, aberta, e as cinzas são derramadas no buraco. Os choros eclodem mais alto, ouvem-se lamentos dolorosos. Em seguida, o mingau de banana é derramado sobre as cinzas e depois tudo é coberto por terra. Aos poucos, com o mesmo silêncio com que se formou, o grupo se desfaz, e cada um vai para sua rede, sem pronunciar uma palavra. Alguns continuam a chorar e a lamentar de suas redes. A noite cai e por um instante a casa silencia.

Mas o silêncio não dura muito. Um grupo de mulheres se dirige ao centro e forma um círculo dando as costas umas para as outras e todas se põem a entoar canções sem sair do lugar. Isso dura alguns minutos. Em seguida, o círculo se desfaz, e a partir daí não haverá mais canto, dança ou diálogos cerimoniais. A noite corre tranquila, nem uma voz, nem um choro de criança, nem

chorar. Nesse dia o tempo estava nublado e o homem achou que fosse mais tarde do que de fato era. Esse detalhe foi comentado pelas mulheres quando voltávamos para casa, ao notarem que ainda demoraria algumas horas para o sol se pôr e que, portanto, haviam chorado antes do tempo.

sequer um latido. Por consenso ou por cansaço, todos entendem que a festa acabou e a casa dorme envolta num silêncio profundo.

Na manhã seguinte, munidos de seus cestos com beijus e carne moqueada, os convidados pegam o caminho de volta. Enquanto eles seguem sem olhar para trás, os de casa saem para vê-los ir embora. A casa, que antes era pura efervescência, esvazia-se, e a vida retoma seu ritmo normal.

Há uma notável semelhança entre o *hutu mosi*, para onde vão os *pore* no momento da morte, e a festa intercomunitária *reahu*. O céu dos *pore* se caracteriza sobretudo por estar sempre em festa, com abundância de alimentos e exuberante licenciosidade. Além disso, ao chegar, os *pore* passam por um processo de rejuvenescimento. O momento do *reahu* é, sem dúvida, a ocasião em que todos voltam a ser jovens, e o entusiasmo e a participação dos mais velhos é prova disso. Todos se pintam e se enfeitam, participam das danças e dos cantos, incentivam os jovens a se envolver ativamente.

No decorrer do *reahu*, troca-se o dia pela noite. As grandes atividades acontecem ao anoitecer: danças, cantos, diálogos cerimoniais vão até o nascer do dia. É durante essas festas que sobretudo os jovens vivem momentos intensos de intercursos sexuais. Ninguém dorme e parece haver uma predominância do dia dos mortos sobre a noite dos vivos, uma vez que estes últimos parecem se comportar como *pore*.

Entretanto, o que significa dizer que os vivos se comportam como os mortos? Já que a festa *reahu* se assemelha ao céu dos mortos, para que essa semelhança fique mais explícita é preciso que os vivos experimentem a noite como se fossem os *pore*, dançando e cantando naquilo que para estes corresponde ao dia. Mas há mais. Essa aproximação entre o céu dos *pore* e a festa dos vivos parece relevante na medida em que aponta para um aspecto central do próprio *reahu*. É preciso que, durante toda a festa, os vivos se comportem como *pore*, para que ao fim do *reahu* possam realizar a separação definitiva entre os vivos e o morto. É apenas quando ocorre o choro fúnebre e o enterro das cinzas que tal separação acontece. Os primeiros voltam, então, a se comportar como yanomami, i.e., vivos, e retornam para suas casas para dar prosseguimento ao cotidiano de sua vida, enquanto o morto é retirado do convívio dos vivos e sua lembrança deve ser obliterada.

Mas essa aparente inversão entre dia e noite só acontece em parte, pois se a noite dos vivos se transforma no dia dos *pore*, isso não acontece com o dia dos vivos, que continua sendo dia, com os Yanomami realizando as atividades referentes à festa, mesmo tendo passado a noite em claro. O dia dos vivos permanece igual, a inversão só ocorre à noite: é um dia sem fim que começa com o dia dos vivos e continua com o "dia" dos *pore*. Cenário similar àquele prefigurado no tempo das origens, quando reinava um dia absoluto e a noite ainda não havia sido criada.

Mas se a festa *reahu* emula o céu dos mortos, ela o faz de maneira caricatural. O *hutu mosi* é um mundo de fartura e abundância, enquanto as coisas no mundo dos vivos se passam de outra forma. No *reahu*, ainda que a comunidade anfitriã se mobilize para juntar a maior quantidade possível de alimento, condição imprescindível para a realização da festa, essa fartura é apenas relativa. O mingau de banana é tomado quase todos os dias da festa. Embora seja muito apreciado e encha o estômago, ele não sacia a fome; e a carne moqueada, que foi caçada semanas antes do início da festa, não deve ser consumida antes do fim da cerimônia, quando será distribuída aos convidados no momento que voltarem para casa.

Aqueles que participaram da festa sem terem sido necessariamente convidados pelos *pata thë pë*,[13] se não tiverem algum

---

[13] Normalmente esses "penetras" costumam ser os jovens, ainda que possa haver alguns adultos. Essa restrição ao número de pessoas acon-

parente próximo que possa alimentá-los durante a festa, acabarão passando fome. Muitas vezes algumas pessoas voltam para casa antes do fim, alegando não ter o que comer. Além de gerar um mal-estar geral, essa atitude constrange os anfitriões, pois não existe nada mais *xiimi* (sovina) do que oferecer uma festa sem comida suficiente. Isso conta bastante para a insatisfação dos convidados e gera comentários e intrigas que vão permear a atmosfera da festa e que serão lembrados pelas demais comunidades ao longo dos meses seguintes.

A escassez de comida também ocorre quando a festa se estende por mais dias do que o previsto. Em geral os *reahu* duram de três a sete dias, a depender de uma série de fatores.[14] Quando esse período é muito extrapolado, a convivência começa a se tornar um problema. Assim, embora os convidados estejam cercados de pessoas com as quais mantêm laços de parentesco e aliança, eles não estão em casa. Já os anfitriões, que festejam entusiasticamente o início da festa e a chegada dos convidados, depois de um tempo passam a tolerar o que antes celebravam. Isso também acontece quando a festa termina, mas os convidados não vão embora.

Uma festa *reahu* é ocasião de grande alegria e reencontro, mas também um momento em que não se está em casa – situação dos convidados, que depois de algum tempo anseiam por voltar para casa e cuidar da roça. Da mesma forma, para os anfitriões, receber os parentes é uma ótima ocasião para pôr as no-

---

tece sobretudo quando não há comida suficiente para todos e se privilegia a presença daqueles que tinham um vínculo direto com o morto e dos *pata thë pë* das comunidades.

14 Esses fatores se referem, entre outras coisas, ao número de convidados, ao próprio morto em questão e também à finalidade da festa. Aqui descrevi um *reahu* em que foram enterradas as cinzas do morto, mas há festas em que o objetivo é destruir os *matihi pë* (pertences) do morto. Estas costumam ser mais simples e rápidas, e contam com menos participantes.

tícias em dia e realizar trocas que sustentam e mantêm as redes de alianças, mas depois de um tempo eles também anseiam por estar entre os seus e voltar para o cotidiano de suas casas.

A festa *reahu* parece uma forma especular do *hutu mosi* apenas em um primeiro momento. Um mundo como o dos mortos não pode ser alcançado em terra, a não ser de maneira caricatural. Esse simulacro que os vivos fazem do mundo dos mortos tampouco se realiza, justamente por causa daquilo que separa os vivos dos mortos: o corpo. Após dias sem dormir direito e, às vezes, sem comer bem, o encerramento da festa é ansiado, tanto por constituir o ápice do *reahu* como porque os corpos dos vivos não aguentam mais e precisam de descanso.

Vimos que, durante o *reahu*, o momento do choro fúnebre ocorre justamente no fim da tarde, que é quando os Yanomami dizem sentir saudade. São os outros, estejam eles vivos ou mortos, que despertam em nós os sonhos de nostalgia. O objeto do sonho é o sujeito do sentimento. O sentimento vem do outro, vem de fora, e a pessoa ficaria vulnerável a ele na medida em que a imagem aflora, ou seja, com o surgimento da noite.

UUA TEMI XOA THA?

Quando uma pessoa morre, tudo que lhe pertencia deve ser obliterado. A começar pelo nome, que não poderá mais ser pronunciado – sendo essa talvez a primeira e mais importante interdição que existe em relação ao morto. Quando houver pessoas em comunidades próximas com o mesmo nome, dependendo das relações que mantinham com o morto, elas deverão trocar de nome imediatamente: pronunciar o nome de uma pessoa que já morreu é o mesmo que chamá-la e, portanto, torná-la próxima. Seus pertences deverão ser destruídos ao longo das festas *reahu* que se seguirão no decorrer de um período que poderá durar alguns anos, até que as cinzas do morto sejam enterradas em definitivo.

Em se tratando de um *pata*, dependendo do nível de influência que ele tinha sobre a comunidade, é possível que toda a casa coletiva seja destruída e as pessoas mudem para outro lugar e construam uma nova casa. Quando se trata de uma criança, que normalmente até uns três anos de idade não tem nome próprio – sendo os meninos chamados de *mo pata* e as meninas de *na pata* –,[15] os pais raspam a terra por onde ela engatinhou e os postes da casa por onde brincou. Tudo deve ser destruído, qualquer traço do morto precisa ser eliminado.

Os Yanomami jamais se referem à morte de uma pessoa de maneira direta. O verbo *noma-* significa morrer, mas raramente é utilizado nesse sentido, a não ser que se refira à morte de alguma pessoa distante, sem vínculo com quem esteja falando. Além de morrer, *noma-* também se refere à perda de consciência, seja por um desmaio seja pelo uso de alguma substância. Assim, quando um xamã está sob o efeito da *yãkoana*, diz-se que ele "morreu". Em todos esses contextos, a palavra *noma-* expressa uma situação atenuada da morte e não se refere diretamente a ela. Da mesma forma que dizer o nome do morto equivale a chamá-lo, i.e., trazê-lo para perto, falar diretamente da morte é também uma forma de atraí-la.

A fim de manter a morte a uma boa distância, os Yanomami se valem de determinadas expressões para se referir a ela, fazendo uso de eufemismos que chamam a atenção sobretudo pela delicadeza das imagens que evocam e que só poderiam encontrar espaço entre os Yanomami nesse não lugar que é a morte. Assim, para se referir a um homem que morreu, pode-se dizer "as flechas estão plantadas no chão" (*xaraka ki xatia*). Para uma mulher, "uma cesta grande está colocada no chão" (*wii a*

---

15 *Mo pata*: pênis grande; *na pata*: vagina grande.

ithaa). No caso da morte de uma menina, "uma cesta pequena está na beira (fora da casa)" (*xote he kasia*); e, em se tratando da morte de um menino, "uma flecha pequena está na beira (fora da casa)" (*ruhu masi kasia*). Há ainda muitas outras expressões que se referem à morte de maneira igualmente sutil, como "ele não está" (*a no kua*), "ela se perdeu" (*a marayoma*), "a casa (familiar) está vazia" (*nahi proke*) etc.[16] A vida é feita de prosa, mas é na morte que a poesia ganha espaço.

A morte se refere a algo que se perdeu, que não está mais, que não se encontra. Ao mesmo tempo, se há algo que se inscreve na pessoa yanomami e que existe mesmo antes de ela ter um nome próprio e ser, portanto, individualizada dentro do seio de uma sociedade, é a morte. *Wa temi xoa tha?*, "você ainda vive?",[17] é uma das expressões que os Yanomami usam para se cumprimentar quando encontram um parente que não veem há algum tempo. O significado de *temi*[18] é vivo, com boa saúde. Mas o ainda (*xoa*) deixa entrever o destino inevitável da pessoa. Assim, a morte se insere no seio da vida; e, se a pessoa *ainda* se encontra viva, é porque em algum momento ela deve morrer.

---

16 Essas e outras expressões se encontram em Albert & Gomez 1997, pp. 166–70.

17 Essa frase não parece ser comum apenas entre os Yanomami. Já no século XVI, Hans Staden notou como entre os Tupi essa expressão era presente. Assim relata seu encontro com o grande chefe Cunhambebe: "Um dos selvagens olhava para mim parecendo ser o chefe. Fui em direção a ele e falei do jeito que eles gostam de ouvir em sua língua: 'Você é Cunhambebe, você ainda vive?'. 'Sim', respondeu ele, 'eu ainda vivo'" (Staden [1557] 2017, p. 77).

18 Sobre o significado de *temi* e os apelos incessantes dos parentes mortos, Albert 1985 (p. 185) vai dizer: "'Ainda vivo' (este é o significado literal de *temi*: 'saudável') sempre se está parcialmente ou temporariamente morto (doença, atos involuntários, sonho, transe) e morto (*waximi*: 'estar cansado, estar morto') sempre se pode voltar à vida recusando os chamados ansiosos de seus entes queridos".

O sonho, então, inscreve-se na vida como uma forma atenuada de morte. Uma morte cotidiana e até mesmo necessária, que faz com que a cada noite se experimente um pouco daquilo que mais cedo ou mais tarde vai chegar para todos, o momento em que o *utupë* não voltará mais para o corpo, se transformará em um espectro e vai se juntar aos outros *pore* que vivem no *hutu mosi*.

Em uma sociedade onde falar de seus mortos é trazê-los para perto, só se pode falar de um morto por meio de um sonho. Por mais que o sonho seja desejo do morto, esse é o lugar que os Yanomami encontraram para se relacionar com algo que não deve ser dito. O sonho é a licença poética que os Yanomami encontraram para falar de seus mortos; é o que possibilita, de certa forma, que continuem mantendo-os na memória – ainda que, em última instância, essa memória deva ser abolida. Da perspectiva dos mortos, que aqui também são os outros (Carneiro da Cunha 1978), o sonho é a maneira que eles encontram para se fazerem presentes na memória dos vivos, e ao mesmo tempo é seu ato de vingança contra o lugar de esquecimento que os Yanomami tentam lhe impor.[19]

O sonho é a terceira margem do rio, é a boa distância que separa vivos e mortos. Distância essa que não pode ser ultrapassada, sob penalidade máxima de se encontrar de maneira irremediável na outra margem, que é a morte. Assim, os sonhos com os mortos não podem ser recorrentes, pois, despertando o sentimento de nostalgia nos vivos, eles os conduziriam a um caminho sem volta. E, se há algo que os mortos ensinam bem, é que saudade é coisa que mata.

---

19 Como bem expressou Anatole France ([1894] 1959) em *O lírio vermelho*: "O sonho é com frequência a vingança das coisas que desprezamos ou a censura dos seres abandonados".

Entretanto, nem sempre os mortos deixam os vivos em paz. Luigi, embora tivesse mais de oitenta anos, sonhava constantemente com seus pais, que haviam morrido quando ele ainda era criança. No fim das contas, os mortos só vão embora quando querem. Os vivos tentam mantê-los à distância, mas é sempre o desejo e a vontade do outro que prevalecem, como nos sonhos. Porém, não nos enganemos: embora o sonho yanomami se refira sempre a um desejo que lhe é alheio, há por parte dos vivos uma resistência em se submeter à vontade e aos caprichos desses outros que lhes invadem os sonhos.

O SONHO COMO RESISTÊNCIA

A morte nunca acontece por acaso; ela é infligida no seio de uma comunidade sempre por alguém que vem de fora. Da mesma forma que os mortos vão embora quando querem, a morte atinge uma pessoa quando um outro assim o deseja, seja esse outro um inimigo, o espírito de um xamã ou mesmo um morto. Os vivos têm muito menos domínio sobre suas vidas do que gostariam, e os Yanomami sabem que tudo que se refere à própria morte passa por uma vontade que lhes é alheia, mas diante da qual se recusam terminantemente a se curvar. Tanto é que nos sonhos em que os mortos fazem seus apelos incessantes, os Yanomami se negam a acompanhá-los. De qualquer forma, a morte vem sempre de fora e está à espreita da próxima vítima. O inimigo, ao contrário do objeto de seu desejo, nunca dorme.

"*Ya nomaimi!, ya nomaimi!, ya nomaimi!*", exclamam os Yanomami quando uma grande árvore cai ao lado da casa. Batem no peito e gritam em alto e bom tom: "Eu não morro!, eu não morro!, eu não morro!". Árvores nunca caem à toa; se caem perto da casa, é sinal de ataque. Espíritos auxiliares de xamãs inimigos a derrubaram, mas felizmente ninguém se feriu. E os homens gritam que não morrem, ainda que o inimigo assim o deseje.

Se, por um lado, o sonho é sempre desencadeado pela vontade de um outro, e o sonhador aparece como uma "presa", uma vítima, alguém à mercê de um sentimento que lhe é alheio, por outro, o sonhador não está de forma alguma inteiramente subjugado aos sentimentos desse outro. Os vivos resistem aos apelos incessantes desses outros, e é porque resistem que eles podem continuar existindo como Yanomami. Assim, embora a morte seja sempre um desejo que vem de fora, os vivos se negam veementemente a sucumbir a ele. Aos apelos incessantes desses outros, os Yanomami simplesmente respondem: "*Ya nomaimi!, ya temi xoa!*" (Eu não morro, ainda estou vivo).

CAPÍTULO 5

O MITO REENCONTRADO: DO SONHO AO MITO E VICE-VERSA

Então é assim... Quando você pegar minha imagem, eu vou ficar com medo. Quando você pegar a minha palavra e eu morrer, tudo bem... Mas minha imagem, eu vou ficar preocupado. Assim nós somos. Aqui na floresta nós vivemos. Quando nós sonhamos, nós vemos a floresta...

Eu vou em sonho. Uma palavra apenas eu não tenho. Nós vamos longe em sonho. As palavras são muitas, assim é. São essas palavras que você quer? *Haixopë*! No início os Yanomae se transformavam em animais, assim nós pensamos sabiamente. Vocês, *napë pë*, não pensam assim, pensam diferente. Esses animais, vocês, brancos, apenas comem. "Por que no início os animais de caça não existiam?". Assim nós, Yanomae, pensamos.

Os Yanomae existiam e não paravam de se transformar. Assim, eles estavam sempre nesse caos, transformavam-se em tatu (*opo*). Isso nós também aprendemos no sonho. Nós, que somos Yanomae, quando sonhamos, sonhamos por todas as partes, em todas as direções. Como surgiu a noite? Isso nós também sabemos.

A noite não existia. O sonho, eu sei... No início eu sonhei também, *awei*, assim os Yanomae eram. Vocês, que são brancos, lá entre vocês a noite grande talvez existisse, assim vocês pensam, assim no início aconteceu... A noite grande estava sentada, assim a floresta era. Antigamente existia um sol igual a este. No início as pessoas não dormiam, as pessoas que chegavam com caça comiam e depois continuavam a caminhar pela floresta. As pessoas não conheciam a tarde [o crepúsculo], no início a tarde não existia.

Foi Horonami quem encontrou a noite. Ele caminhava por todas as direções mesmo: "Onde você está?". Horonami pensou, pensou, e devagar Horonami viu um mutum enorme. Horonami chegou cansado à casa. Era claro. À luz do dia as pessoas copulavam. Atrás da fumaça de suas fogueiras, elas se escondiam para copular. Isso eu também vi, vi tudo isso. Nós, que somos Yanomae, sonhamos muito, assim é.

Haixopë! Quando meu pensamento ainda era ignorante, eu pensava: "Por que a noite grande estava sentada?". Eu pensava. Foi quando eu sonhei e vi a noite [o mutum] sentada. Então, os nomes dos rios nós não conhecíamos, nós tínhamos língua de fantasma [*aka porepë*]. A noite nos ensinou o nome dos rios. Essas palavras, você ouça. "*Haixopë*!", você pensa. Assim é, devagar, devagar... Foi Horonami quem viu a noite. Ele usou o breu [*warapa koko*] para iluminar o mutum em meio à escuridão.

No início nós não existíamos. Eu sonhei, eu era criança e sonhava, meu pensamento também voava. Horonami flecha o mutum... Assim eu sonhei, nós sonhamos. Nós, que somos *xapiri*, quando nós queremos sonhar, nós vemos a imensidão da floresta, assim é. O mutum tinha a noite; no começo só havia o dia. Eu vi no sonho. Os Yanomae não conheciam a noite, foi Horonami quem viu a noite pela primeira vez. "*Haixopë*!", eu pensava; *awei*, assim era antigamente. Assim é o sonho. "*Haixopë*!", você vai pensar. Essas palavras eu sei. Eu sonho assim: um sonho apenas eu não sonho; quando eu sonho, eu vejo toda a floresta.

Você, que é de São Paulo, não ensine essas palavras à toa! *Awei*, é isso. Vocês, mulheres, também sabem. Assim nós sonhamos. Assim você vai pensar quando estiver na sua casa: "*Awei*, assim os Yanomae sonham, assim eles são!". Você pense bem, você pegue essas palavras bem, assim nós damos. De dia nós não sonhamos. À noite, quando nós dormimos, nós sonhamos. A floresta vasta nós vemos, então. Quando sonham, as pessoas conhecem a floresta.

Vocês, brancos, no começo não existiam. Foi *Omama*, não foi um branco que fez vocês... Foi a partir da grande espuma. Eu também sonho com essas palavras. *Awei, Omama*, isso eu também vejo, *Yoasi*... Só havia os dois; eles copularam e um deu à luz. No começo não existia mulher. Os dois copularam, e a mulher nasceu da perna de *Yoasi*.

Omama procurava água, seu filho sofria com muita sede. Ele gritava: "Pai, eu tenho muita sede... *Napa*, eu tenho muita sede... *Napa*, eu tenho muita sede...". *Omama* não conhecia a água. Aos poucos foi ouvindo a água. O som de uma cachoeira ele começou a ouvir: "*hokuuuuu, hokuuuuu...*". Ele ouvia um barulho grande. Então seu filho tinha sede, seu filho sofria com sede. Começou a beber água, sua sede não tinha fim. Então a água não parava de brotar debaixo da terra.

Antigamente não existia água e nem a mulher, então *Tëpërësikɨ* ensinou. Foi *Omama* quem pescou a primeira mulher. No fundo da água, ela vivia. Ela era bonita, era filha de Raharari.

O gambá nós também conhecemos. "Nós ficamos bonitos à toa?". Assim nós também fazemos: a gente se pinta de vermelho, se desenha, se enfeita com pele de mutum, com penas de tucano, por isso nós fazemos isso, colocamos pele de pássaros na orelha, assim é. Assim o sonho acontece, assim nós sonhamos, por isso ouça a minha palavra: "*Haixopë*, assim os Yanomami são, eles sonham!", você pense então.

Yoasi, ele chegou, ele não sabia. "Por que você está pintado?". Ele não disse, ficou calado, pensando à toa. Então ele falou: "Você é amiga?". A mulher levantou e não respondeu. Então *Omama* chamou: "*Awei*, venha cá!". Ela se levantou, então *Yoasi* a olhou, "*huuuu!*". Então *Omama* disse: "*Awei*, depois você pega ela para você...". Então, "a flor perfumada, passe na vagina da mulher para que fique cheirosa". Mas *Yoasi* pegou a flor errada: "Oh! A vagina da mulher cheira muito ruim!", ele pensou. Por isso a vagina de vocês tem esse cheiro. A vagina das mulheres não cheira mal à toa. Assim foi o sonho. Quando nós sonhamos, nós vemos em todas as direções. Durante o dia as pessoas não sonham, somente à noite a gente sonha, apenas à noite.

Os *xapiri*, eles não vivem aqui, eles estão em outro lugar. A floresta deles eu vejo, mas eles vão muito longe. As pessoas comuns não conhecem os *xapiri pë*, mas "lá os *xapiri* descem".

Assim nós sonhamos – nós, Yanomae, sonhamos. Nós agimos como professores, nós somos, assim nós fazemos bastante. Quando um *pata* morre, "*awei*, lá uma grande flecha foi posta no chão" – assim nós dizemos. Assim nosso *utupë* vai para muito longe; nós, *xapiri*, vamos...

Os *xapiri* você não conhece, os *xapiri* mesmo, apesar de eles serem muito visíveis. *Heweriwë* [espírito do morcego] mesmo, os *xapiri pë* que agem como os brancos, os *Napëriwë* [espírito dos brancos]. Essas são as palavras que você quer? *Awei*, então nós te ensinaremos.

Esse foi um trecho da fala de Gilberto, xamã do Pya ú, durante a reunião realizada um mês depois de minha chegada à comunidade, e que se estendeu por três horas. O intuito era explicar a razão da minha presença, bem como o tema da minha pesquisa e quanto tempo eu moraria entre os Pya ú *thëri*. Meses antes, ainda em Boa Vista, eu já havia solicitado por rádio a permissão da comunidade para voltar lá e morar com eles por algum tempo.[1]

Quem serviu de intérprete nessa ocasião foi Enio Mayanawa, uma jovem liderança indígena que foi fundamental para meu trabalho de campo. Eu havia conhecido Enio dez anos antes, quando eu trabalhava no Projeto de Educação Intercultural desenvolvido pela CCPY. Ele e um grupo de jovens de diferentes regiões da TI

---

[1] Esse pedido, além de ter sido realizado via radiofonia para a própria comunidade do Pya ú, também teve o apoio da Hutukara Associação Yanomami, em Boa Vista.

Yanomami haviam sido indicados por suas comunidades para seguir o curso de magistério yanomami. Uma vez formados, a maioria desses jovens voltou a suas comunidades de origem para lecionar. Alguns continuam ensinando até hoje, apesar do completo abandono em que essas escolas foram deixadas.[2]

Outros se integraram à Hutukara Associação Yanomami (HAY), criada em 2004. Enio participou da diretoria dessa organização até 2012 e depois passou a trabalhar na Sesai. Foi então que estabeleceu residência fixa em Boa Vista e em pouco tempo assumiu o cargo de assessor indígena da Sesai. Esse emprego, bem como sua permanência na cidade, forneceu-lhe um conhecimento do mundo dos *napë pë* a que poucos jovens de sua comunidade haviam tido acesso.

Pya ú é a comunidade de origem de Enio; e ele é o único yanomami da região que vive e trabalha em Boa Vista. Todos o consideram uma liderança junto aos *napë pë*, apesar de, no contexto das relações políticas internas yanomami, ele não ter os atributos de um *pata*. Como ele iria participar de uma festa em outra comunidade, estava nos arredores na manhã da reunião.

Feita a minha apresentação e esboçadas algumas linhas sobre minha pesquisa, foi a vez dos *pata thë pë* manifestarem o que seus pensamentos diziam. Para minha surpresa, já naquele momento eles começaram a falar de sonhos e de mitos, aos quais se reportavam de maneira muito enfática.

Em sua fala, Gilberto se refere à capacidade que os Yanomami têm de sonhar, fala de seus sonhos de criança, dos

---

2 Desde 1991 a Educação Escolar Indígena deixou de ser responsabilidade da Funai e passou para o Ministério da Educação em articulação com as secretarias estaduais de Educação. No caso dos Yanomami, a formação de professores, bem como o acompanhamento às escolas, foi realizado pela CCPY/ISA até 2010. A formação de professores, com todas as dificuldades inerentes, passou, então, a ser realizada pelo Centro Estadual de Formação dos Profissionais da Educação de Roraima (Ceforr).

xapiri pë. E, entre uma coisa e outra, narra episódios míticos. Começa pelo mito de origem da noite, diretamente relacionado ao surgimento dos sonhos. Depois passa para outros, como o mito de origem dos brancos e da primeira mulher, a morte do gambá e a criação das cores etc. Assim que Gilberto terminou, Enio interveio antes que outro *pata* tomasse a palavra e fez o seguinte esclarecimento:

> Há duas palavras *marimu*. Existe a palavra do *xapiri*; *xapiri* é igual sonho, mas é diferente. *Marimu* significa o que o espírito fala, não é sonho... Sonho é diferente, sonho é coisa ruim, sonho com cobra mordendo perna, braço, no sonho vai aparecer a mesma coisa... Os espíritos estão falando dos mitos, antigamente, de como surgiram as coisas, é disso que eles falaram aqui. Eles são superiores, criadores...

Enio me explicou em português os diferentes significados de *marimu*. E em yanomae explicou aos *pata thë pë* que aquilo que me interessava eram os sonhos que as pessoas tinham enquanto dormiam à noite.

Pedi a Enio que deixasse os *pata* falar sobre o que quisessem, pois tudo me interessava. Enquanto ele insistia em dizer que os sonhos que me interessavam eram aqueles que se têm enquanto se dorme e não os mitos, várias pessoas falaram ao mesmo tempo, e um *pata* soltou o seguinte comentário: "Mas ela perguntou sobre sonhos...". Depois disso, outro *pata* tomou a palavra, e logo em seguida a reunião terminou. Havia mais de três horas que estávamos ali falando sobre os mitos, ou melhor, sobre os sonhos...

Essa reunião, que era apenas para ser introdutória e tinha o intuito de me apresentar à comunidade e pedir mais uma vez o consentimento deles, levantou logo de início questões fundamentais sobre o tema que eu pesquisava.

Ao falar dos sonhos, os *pata* começaram a falar de mitos. Enio, percebendo que aquelas histórias não correspondiam ao que os *napë pë* conhecem como sonho, logo fez questão de aclarar as coisas: "Sonho é coisa ruim, sonho com cobra mordendo perna, braço...". Ou seja, é esse tipo de "experiência" que os *napë pë* entendem por sonho. Ele ainda se refere aos sonhos premonitórios, sendo a premonição a razão pela qual os sonhos, quando têm alguma relevância entre eles, os *napë pë*, são levados em consideração. Quando Enio distingue os sonhos dos mitos, ele parte do conhecimento razoável que possui do mundo dos brancos, para os quais sonho se refere unicamente à experiência que ocorre quando a pessoa dorme.

Contudo, com essa distinção ele não nega a ambiguidade que o sonho tem para os Yanomami, pois sua primeira fala vai no sentido de tentar explicar esse "mal-entendido" por parte dos *pata thë pë*, reconhecendo o duplo sentido da palavra *marimu*. Lembrando que *mari* significa sonho, *-mu* é um sufixo derivacional que funciona como verbalizador, e *marimu* significa agir em sonho, sonhar. Assim, quando ele diz "há duas palavras *marimu*", na verdade ele está se referindo aos dois significados da palavra *marimu*: ela se refere a sonho e também às palavras do *xapiri*. E continua: "*Xapiri* é igual a sonho, mas é diferente. *Marimu* significa o que o espírito fala, não é sonho...". Quando diz *xapiri*, Enio se refere aos xamãs. Os mitos que os xamãs contam são sonhos também, mas são diferentes dos sonhos que os *napë pë* conhecem – e, portanto, nesse sentido não são sonhos.

Logo de início a relação entre sonho e mito estava dada. Ao longo dos meses e das conversas, fui notando que, quando pedia aos xamãs que me contassem seus sonhos, eles acabavam me falando de mitos. Tempo depois passei a perguntar-lhes a respeito dos mitos – e eles então me contavam que haviam sonhado com aquilo que me falavam.

Apresento a seguir um trecho de uma dessas narrativas contada pelo velho xamã Luigi. Na ocasião, como ele lembra, eu lhe pedi que me falasse sobre seu sonho.

OS SONHOS DO XAMÃ LUIGI

Assim eu fazia *yaɨmu*.[3] Depois de tomar *yãkoana* no sonho, eu fiz *yaɨmu* com um yanomae, eu o aconselho de verdade. Sonhei que bati no seu corpo, assim eu fiz no sonho. Ah! eu dormi novamente...

Awei, eu sonho que matava caranguejos. Eles estavam dentro da pedra. Depois de eu abrir caminho na água, eu nadava no sonho, mas o caranguejo me beliscou com sua garra [unha]. Os caranguejos são bravos. Depois eu apertei o peito dele em sonho [para matá-lo], carreguei [nas costas] e acordei. Logo voltei a dormir.

Eu sonho de novo, eu mato um tamanduá, eu sonho que flecho o tamanduá. Ele cai [da árvore], mas eu não o pego, eu deixo para trás, assim eu sonhei. Antes de ontem, você tomou a minha palavra; ontem eu sonhei novamente. Sonhei que cavava outra vez para pegar o tatu. Ele é igual ao *opo* (tatu), bravo igual. Os tatus *mõrõ* são menores. Lá [referindo-se a São Paulo] também tem esse tatu? Não, só aqui tem. Eu sonho que cavo, depois eu corto o tatu e asso na folha, assim eu fiz.

Awei, você me perguntou sobre sonhos, ainda tem mais. *Omama* pescou a filha de *Tëpërësikɨ*, assim *Omama* fez. A filha

---

3 Ritual que ocorre por ocasião da festa *reahu*, semelhante ao *wayamu*. O *himu* é realizado com muito mais frequência que o *wayamu* para transmitir convites ou expressar pedidos importantes. Mas, da mesma forma que o *wayamu*, também é utilizado para ajudar na resolução de conflitos. Além disso, o *himu* é reservado aos homens mais velhos, ao passo que do *wayamu* também participam os jovens (Lizot 1991, p. 57).

de *Tëpërësikɨ* não existe, eu penso que é mentira, mas a filha de *Tëpërësikɨ* existe, é igual uma yanomami, ela é realmente bela.

Há mais. No começo *Omama* procurava um pau, a casca da árvore. *Satanasi-Yoasi* pegou uma flor que cheirava mal, fedia podre. Ele passou essa flor na vagina da mulher, que passou, então, a cheirar mal. *Omama* pega o pau certo. Se não fosse por isso, nós continuaríamos sendo jovens, assim é. *Omama* existe mesmo, eu vi em sonho, eu vi de verdade mesmo, a sua imagem [*utupë*] vai ao meu encontro. Ele dança para mim, por isso eu sei. Ele não está, mas eu vejo sua imagem.

Ah! Os *pata* se transformaram em *Terema*. A moça estava em *yɨɨpɨmu*, porém ela deixou os braços cruzados com os dedos debaixo das axilas, então suas unhas se transformaram. Assim aconteceu no início, eu sei, ela afiou as unhas numa pedra: "*Xeki, xeki, xeki, xeki, xeki, xeki...*". Assim *Terema* fazia, ela se transformou, ela fez *yɨɨpɨmu*, assim foi. Aos poucos você vai entender, assim foi, são verdadeiras as palavras que eu te dou.

Luigi inicia seu relato descrevendo sua participação em um diálogo cerimonial *yaɨmu* e em seguida passa para uma cena do cotidiano em que busca caranguejos. Depois continua com cenas de caça, mata um tamanduá, que não leva consigo; e um tatu, que prepara para assar em folhas. Em seguida lembra que eu lhe havia perguntado sobre sonhos; e é quando começa a narrar episódios míticos: "*Awei*, você me perguntou sobre sonhos, ainda tem mais, *Omama* pescou a filha de *Tëpërësikɨ*...". Nesse pequeno trecho, ele apresenta fragmentos de três mitos.

O primeiro se refere ao mito de origem da primeira mulher que foi pescada pelo demiurgo *Omama*. Seu nome é Thuëyoma, filha do monstro aquático *Tëpërësikɨ*. No seu relato, Luigi salienta a beleza dessa primeira mulher. Em seguida ele descreve um episódio que se refere ao mito da vida breve, quando o irmão gêmeo de *Omama*, *Yoasi*, o demiurgo-*trickster*, escolhe a madeira podre para passar na vagina da mulher. Esse simples ato desencadeia duas consequências nefastas: a partir de então, as mulheres passarão a ter seu órgão genital com um odor considerado fétido; e os homens, que antes eram imortais, passarão a morrer. Luigi se refere ao demiurgo desajeitado como *Satanasi-Yoasi*, referência herdada da época dos missionários.[4] Em seguida, ele passa para o último episódio onírico, segundo o qual uma jovem em reclusão em virtude de sua primeira menstruação realiza um gesto interdito: coça-se com as próprias mãos; e, após suas unhas se transformarem em garras, ela se torna *Terema*, personagem mítico associado ao tatu.

Luigi diz que *Omama* existe mesmo, pois vê sua imagem (*utupë*) em sonho. Além disso, diz que sua imagem vai ao seu encontro e dança para ele: "Ele não está, porém eu vejo sua imagem". Ele se refere aqui a uma cena de xamanismo, i.e., quando os xamãs, sob o efeito da *yãkoana*, fazem descer a imagem de seus espíritos auxiliares *xapiri pë* e estes dançam para seus pais. Aqui é difícil saber se Luigi se refere a um sonho que teve com os *xapiri pë* ou se ele de fato descreve uma cena de xamanismo realizada sob o efeito da *yãkoana*. De qualquer forma, essa distinção não é relevante, já que num caso como no outro se trata de experiências oníricas.

---

4   Velho e conhecido estratagema das missões evangélicas que, com o intuito de melhor transmitir valores e preceitos cristãos, fundem elementos da cosmologia indígena com personagens e/ou passagens bíblicas. Aqui o demiurgo *Yoasi*, que faz tudo errado e desencadeia todos os males que os Yanomami enfrentam atualmente (com exceção dos brancos, que foram criados por *Omama*), é associado a Satanás, enquanto *Omama* é associado a *Teosi*. Apesar de a New Tribes Mission ter deixado a região do Toototopi em 1991, o eco de sua presença ainda ressoa entre os Yanomami, manifestando-se inclusive por meio de seus sonhos. Para uma descrição da presença da New Tribes Mission nessa região, ver Smiljanic 1999, pp. 36–41.

A EXPERIÊNCIA ONÍRICA DOS XAMÃS

Quase toda noite um xamã entoa um canto. Dizem que os *xapiri pë* descem pelas cordas da rede dele e chegam bem perto de seu corpo tentando acordá-lo: "Nós queremos cantar. Acorde, pai!". O xamã então desperta e se põe a cantar noite adentro. Eles também entoam esses cantos noturnos quando sonham com um parente doente ou que já morreu. Foi o caso de Person, que havia sonhado com sua mãe, então muito doente. Ao ver sua imagem em sonho, pôs-se a cantar para enviar seus *xapiri pë* até a maloca onde ela morava. Cláudio, numa outra noite, também sonhou com seu pai, que já havia morrido havia alguns anos. Disse que despertou com o pensamento triste e que por isso começou a cantar.

Os cantos da noite são os mesmos entoados à luz do dia, mas há uma diferença crucial entre eles: de dia os xamãs inalam *yãkoana*, à noite, não. O processo pelo qual passam quando inalam a substância psicoativa é semelhante àquele que ocorre quando sonham. Sob o efeito da *yãkoana*, o *utupë* do xamã se desprende do corpo e viaja por diferentes dimensões. Vê coisas que as pessoas comuns não são capazes sequer de imaginar. É graças à *yãkoana* inalada de dia e dos sonhos que eles têm durante a noite que os xamãs podem conhecer verdadeiramente os mitos.

A *yãkoana* possui um alcaloide psicoativo, a dimetiltriptamina (DMT), que desencadeia efeitos psíquicos semelhantes aos do LSD. Ela é inalada por meio de uma *horoma*, um tubo de aproximadamente sessenta centímetros, confeccionado do caule oco de uma palmeira (*Iriartella setigera*). Em uma das extremidades, parte de uma semente perfurada (*Attalea maripa*) é fixada com resina para facilitar o encaixe à narina. (Albert & Milliken 2009, p. 114). De um lado se introduz o pó, que é soprado diretamente em uma narina, e depois se procede da mesma forma com a outra. Sopra-se algumas vezes.

Sob o efeito da *yãkoana*, os xamãs dizem que "morrem", *nomai*, e que passam a agir como espectros, *poremu*.

O mundo ao qual a *yãkoana* dá acesso é feito de pura imagem; e é a própria imagem do xamã, separada do corpo, que vai percorrer esse universo imagético, possibilitando a visão de eventos míticos enquanto estes se desenrolam em um espaço-tempo contínuo. Em um universo feito de pura imagem, a visão é atributo importante.[5] A *yãkoana*, inalada de dia, desencadeia o mesmo processo que o sonho durante a noite. Tanto uma como o outro dão acesso a imagens que estão o tempo todo no mundo de fora, mas que só podem ser acessados por meio da imagem que está do lado de dentro do corpo, o *utupë*.

Vale lembrar que o verbo *he tharëai*, além de significar o sonho com uma pessoa, pode referir-se também a uma visão obtida sob o efeito de substâncias psicoativas. Os mitos me foram contados dentro de uma narrativa onírica, ou seja, os xamãs me contavam seus sonhos e então narravam os mitos que haviam sonhado. Os mitos que Lizot (1974) coleta entre os Xamathari são narrados enquanto os xamãs estão sob o efeito da *yãkoana*.[6]

Existe, pois, uma relação estreita entre o que a *yãkoana* proporciona e aquilo a que o sonho dá acesso. Ambos agem sobre a imagem, ou melhor, é por meio do sonho e da *yãkoana* que a imagem age. Gilberto ressalta: "Apenas de dia nós tomamos *yãkoana*, à noite, não". Por sua vez, como já vimos, o sonho só

---

5 A proeminência da visão sobre os demais sentidos faz-se notar inclusive na língua. A raiz da palavra ver, *taa-*, é a mesma para conhecer.

6 "Durante seu discurso, o xamã alimenta seu nervosismo e prolonga seu estado com inalações repetidas de alucinógenos. Fica suado, sua atuação o esgota. Respeitando escrupulosamente as condições da narração, pude, cada vez e em muitas sessões espaçadas, gravar o repertório completo de vários xamãs" (Lizot 1974, p. 8).

pode acontecer à noite. Inalar *yãkoana* de noite poderia desencadear certo excesso, uma vez que a noite, sendo destinada ao sonho, já tornou possível a separação daquilo que de dia permaneceu unido – o corpo e a sua imagem. Se no pensamento yanomami o consumo da *yãkoana* e a ocorrência dos sonhos devem acontecer em momentos alternados, é porque, no fundo, em ambos os casos sempre se chega ao mesmo resultado, i.e., à experiência onírica.[7]

Já comentei a dificuldade em estabelecer uma distinção entre os sonhos dos xamãs e os das pessoas comuns. Não que essa diferença não exista. Ela existe, sim, mas deve ser pensada a partir de uma perspectiva qualitativa e não substancialista. Não é porque sonham muito ou vão mais longe em seus sonhos que os homens se tornam xamãs,[8] mas é porque se tornam xamãs que podem sonhar mais e ir mais longe.

A experiência xamânica diurna sob efeito da *yãkoana* afeta de forma significativa os sonhos noturnos dos xamãs,[9] e por isso

---

7   Dada essa equivalência entre os sonhos dos xamãs e as sessões de xamanismo diurno sob o efeito da *yãkoana*, de agora em diante toda vez que falar dos sonhos dos xamãs estarei referindo-me a ambas as experiências (tanto sonhos como visões obtidas sob efeito da *yãkoana*).

8   Está claro que o indivíduo que apresenta intensa atividade onírica desde a infância e mantém esse padrão ao longo da vida vai estar mais inclinado à vocação xamânica (vide o caso de Kopenawa). Entretanto, a decisão de se tornar um xamã na idade adulta é sempre uma escolha individual. Assim, como sempre diziam os Yanomami, "todo mundo sonha", mas daí a reconhecer no sonho uma vocação xamânica vai depender da vontade de cada um. Ver também o caso de Adailton, que, mesmo sonhando com os *xapiri pë*, não pretendia se tornar xamã (ver cap. 3, p. 103).

9   Como diz Albert, "o xamanismo noturno, associado aos sonhos, é parte fundamental do xamanismo yanomami. A iniciação e o trabalho xamânico parecem dominar a produção onírica dos xamãs, cujos sonhos são, assim, constituídos principalmente de restos alucinatórios do xamanismo diurno" (Kopenawa & Albert 2015, p. 616, nota 23).

pouco importa se Luigi vê a imagem de *Omama* dançar em sonho ou se a vê enquanto está sob o efeito da *yãkoana*, pois se trata, em um caso como no outro, de experiências semelhantes. Não quero com isso afirmar que sonho e xamanismo sejam a mesma coisa, mas ressaltar que a experiência desencadeada pelo uso contínuo da *yãkoana* dentro da prática xamânica influencia consideravelmente os sonhos dos xamãs.

É por meio da *yãkoana* que eles podem acessar outras dimensões e ver os mitos acontecerem. Tudo o que veem é de uma beleza estonteante, e as cores saltam aos olhos. É como se os sonhos das pessoas comuns transcorressem em preto e branco, enquanto aqueles motivados pela *yãkoana* fossem em tecnicolor. Romário, um jovem iniciado no xamanismo enquanto eu estava no Pya ú, disse-me que a partir daquele momento sabia o que era sonhar e que seus sonhos eram muito mais belos do que os que costumava ter antes de tomar o pó da *yãkoana*.

Mas, para além dessa dimensão hiperimagética que se abre por meio das sessões xamânicas e atravessa os sonhos, os xamãs experimentam uma metamorfose e se tornam eles próprios *xapiri pë*. Lembro que estes são o resultado da transformação que ocorreu no início dos tempos, quando os ancestrais míticos, os *yarori pë*, deram origem aos *yaro pë*, os animais de caça, e aos *xapiri pë*, os espíritos auxiliares dos xamãs. A origem desses seres ocorreu a partir de uma divisão entre corpo (*pei siki*) e imagem (*pei utupë*). Assim, o corpo dos *yarori pë* originou os animais que os Yanomami caçam atualmente e sua imagem, os espíritos auxiliares dos xamãs. Nesse sentido, pode-se dizer que os animais são feitos de pura matéria, em oposição aos *xapiri pë*, que são pura imagem.

Entretanto, essa oposição só se sustenta num primeiro momento, já que na concepção de mundo yanomami tudo o que existe é dotado de uma imagem – e, portanto, os animais de caça também têm uma, caso contrário os Yanomami não poderiam vê-los em seus sonhos (aquilo que aparece no sonho corresponde à imagem dos seres e das coisas).

No sonho relatado, Luigi faz questão de dizer: "Você me perguntou sobre sonhos, ainda tem mais. *Omama* pescou a filha de *Tëpërësiki...*". E segue contando episódios míticos. Aqui o que me interessa é menos o que os mitos dizem e mais como eles surgem e se concatenam em um mesmo relato onírico. Em outros sonhos, Luigi relata o encontro com as imagens de seus pais e lembra acontecimentos da época em que viveu em outras casas, ou de quando era jovem. A passagem de um acontecimento para outro se dá de forma praticamente ininterrupta – aqui tudo é sonho, e nele cabe o mundo inteiro.

Em *A queda do céu*, Davi Kopenawa faz justamente esse movimento, entrelaçando sonhos, transes xamânicos, lembranças da infância, acontecimentos míticos, fatos históricos, tudo costurado na mesma narrativa. De uma sessão de xamanismo, ele passa para um mito; do mito, para um sonho; do sonho, para sua relação com o mundo dos brancos – e assim sucessivamente.

Uma das razões para que acontecimentos tão díspares apareçam em um mesmo contexto narrativo se deve em parte ao fato de todos se referirem à experiência individual de cada xamã. Dessa forma, lembrar-se de um evento que ocorreu durante a infância, ou do momento em que *Omama* pesca a filha de *Tëpërësiki*, corresponde a momentos vivenciados pela mesma pessoa. Aquilo que ele descreve, seja sob o efeito da *yãkoana* ou através de seus sonhos, faz parte de sua experiência. E é por meio de tais experiências que cada xamã constrói, à sua maneira, seu próprio repertório mítico.

Em seus sonhos, os xamãs não só veem os mitos se desenrolarem como também podem reelaborar sua própria versão deles, daí uma das razões da existência de tantas variantes. E mais:

pode-se inferir que dificilmente haverá um mito que não tenha sido sonhado. Nesse sentido, todo mito é um sonho. Pelo menos para os Yanomami.

Apresento a seguir as referências aos sonhos recolhidas nas coletâneas[10] dedicadas aos mitos Yanomami. O objetivo aqui é apresentar alguns dos aspectos mencionados ao longo do livro, a saber, que uma das formas de se conhecer um mito é através do sonho; que o sonho dos xamãs e a experiência xamânica sob efeito da *yãkoana* são equivalentes; e que aquilo que se conhece em sonho é considerado uma experiência real vivida pela pessoa que sonha e não mero fruto da sua imaginação.

OS SONHOS NOS MITOS

Seguem alguns mitos em que o sonho se faz presente, seja como referência a um comentário do xamã que narra, seja referindo-se ao sonho dos próprios personagens míticos. Os mitos não foram transcritos na íntegra, mas apresento um resumo de cada um para que as citações façam sentido.

O DILÚVIO[11]

O mito se refere ao dilúvio ocorrido da emergência de águas subterrâneas que não cessavam de jorrar, inundando toda a terra e arrastando tudo o que encontravam pela frente. Sem saber o que fazer, os Yanomami decidem subir uma montanha para se salvar, mas a água continua a persegui-los, até que um velho xamã sugere invocar o Espírito do Jacaré (*Iwariwë*) para pôr fim à inun-

---

10 Os mitos a que me refiro se encontram em Lizot 1974, 1989; Wilbert & Simoneau 1990; Lizot, Cocco & Finkers 1991.

11 Mito 31, "The Flood", in Wilbert & Simoneau 1990, op. cit., pp. 76–78.

dação. Então os Yanomami chegam à conclusão de que é preciso fazer um sacrifício humano e decidem jogar uma velha na água. Após esse feito, a água começa a baixar. O mito termina com a seguinte passagem: "Foi assim que aconteceu. Nossos ancestrais faziam coisas incomuns. Eu os vejo em meus sonhos" (Wilbert & Simoneau 1990, p. 77, tradução minha).

O PRIMEIRO XAMÃ[12]

O veado foi o primeiro xamã. Outros Sanema não conheciam a *sakona*. O veado foi o primeiro a cantar. Ele cheirou a *sakona*. O veado disse aos ancestrais: "Raspem minha *sakona*". "Mas de onde?", perguntaram. Então o veado mostrou a eles. E então eles aprenderam a raspar a *sakona*. Eles fizeram a *sakona* para o veado. E os Sanema também experimentaram cheirar. Então eles aprenderam sobre a *sakona*. Desde então eles têm usado essa árvore. Uma vez que eles tomaram a *sakona*, o povo dos sonhos chegou, e os ancestrais Sanema começaram a cantar pela primeira vez. Foi usando a *sakona* do veado que os Sanema aprenderam. Os ancestrais rio acima aprenderam sobre a *sakona* com o veado.

Veado, o primeiro xamã, apresenta aos Sanema a *sakona*. E estes, quando a tomam, passam a cantar pela primeira vez. É com o uso da *sakona* que o povo do sonho chega. Nesse caso, pode-se supor que o "povo do sonho" se refira aos espíritos auxiliares dos xamãs, os *xapiri pë*, que dançam para seus pais em dois contextos: quando estes inalam *yãkoana* de dia e/ou quando sonham à noite.

---

[12] Coletado por Colchester entre os Sanema. Por se tratar de um mito pequeno, apresento-o na íntegra. Mito 39, "The Original Shaman", in ibid., p. 91, tradução minha.

HORONAMɨ[13]

A narrativa começa com Horonamɨ indo atrás de *Titiri*, o mutum que guardava a noite. Ele o flecha, a noite é instaurada e Horonamɨ volta para casa: "Lá ele dormiu e sonhou: ele viu um lugar amplo e bonito cheio de bananas, chamado *nonihioma*.[14] As pessoas de lá estavam comendo essas frutas saborosas; elas não comiam terra como ele" (Finkers 1991, p. 135).

Com o início do dia, Horonamɨ sai em busca do lugar com o qual sonhou. Pelo caminho se depara com seres mitológicos e prova seus alimentos. Encontra o tatu (*mõrõ*), que o prende num buraco de árvore, mas ele consegue escapar. Em seguida um personagem (Pomoyowë) lhe oferece carrapatos como comida e tenta casá-lo com sua filha, mas Horonamɨ foge e continua seu caminho. "Horonamɨ continuou seu caminho, buscando ainda o lugar *nonihioma* que ele havia visto em seu sonho. Ele continuava caminhando, subindo e descendo os morros. Ele já havia visto muitas coisas" (p. 136).

Até que finalmente encontra Pore, o dono das bananas, que lhe ensina como plantá-las. Pore vai embora e Horonamɨ o segue escondido; na roça de Pore, ele rouba mudas de várias espécies. Em seguida volta para sua casa e apresenta a banana para os Yanomami.

A saga de Horonamɨ concatena vários episódios míticos em uma só narrativa: começa pela origem da noite, passa por vários seres e situações e culmina em seu encontro com Pore, o dono

---

13 Mito 62, "Horonami", in ibid., pp. 134–38, tradução minha. Esse mito também foi publicado em espanhol na coletânea Cocco, Lizot & Finkers 1991 (pp. 241–48). As versões em inglês e em espanhol não apresentam divergências.

14 *No nihi* é uma expressão que se refere à produção de uma grande quantidade de alimento; ver verbete *no nihi* em Lizot 2004, p. 268.

das bananas. A forma como os mitos vão sendo acrescentados à narrativa é muito similar ao modo como os xamãs me contavam os sonhos. Nessa narrativa, Horonami é o fio condutor que liga todos os acontecimentos; por onde passa ele vai descobrindo novas coisas e segue seu caminho até encontrar o local que havia visto em sonho.

Essa referência ao sonho é interessante porque Horonami sonha com um lugar desconhecido e vê pessoas comendo banana, que, embora pareça uma fruta saborosa, ele também não sabe o que é, pois até então só havia comido terra. Depois desse sonho – que não por acaso ocorre logo na sequência em que Horonami mata *Titiri* e a noite é instaurada –, ele vai à procura desse lugar; desconhece sua localização, mas sabe que existe porque o viu em sonho. A exemplo de como me contaram os Yanomami: eles vão para lugares que não conhecem mas cuja existência lhes é assegurada porque já estiveram lá em sonho.

CHUPADOR DE CÉREBRO [15]

Nesse mito, o ogro *Hõõ* surge caído diante de um yanomami que caminhava pela floresta. Simulando estar ferido, ele pede ao homem que o carregue nas costas. O caminhante sente medo, mas reconhece no estranho certa semelhança com seu pai e então prepara uma tipoia. Leva *Hõõ* nas costas, em uma posição tal que a boca do ogro fica apoiada em seu crânio. Ao longo do cami-

---

15 A seguir apresento os três últimos mitos em que encontrei alguma referência ao sonho. Pelo fato de o sonho ocupar o mesmo lugar em todos eles, deixarei as considerações para o final. Mito 256, "Brain-Sucker", in Wilbert & Simoneau 1990, p. 477. Em Lizot 1974, aparece com o título "Come-cerebro" (p. 98); em Lizot 1989 (pp. 186–87) e em Cocco, Lizot & Finkers 1991 (p. 132), sob o título "Sorbe-cerebros".

nho *Hõõ* chupa o cérebro do yanomami. Terminada sua refeição, o ogro pede para descer e cada um segue seu caminho.

O mito começa com a seguinte frase: "À noite as pessoas haviam sido avisadas em seus sonhos sobre a chegada de *Hõõ*. Um homem estava caminhando pela floresta quando de repente *Hõõ* caiu bem na sua frente".

UMA JOVEM INDISPOSTA

> Há muito tempo os ancestrais se transformaram em *Amahiri*, habitantes do mundo subterrâneo. Uma comunidade foi convidada para uma festa. Os convidados estavam próximos de seu destino. Alguns dentre os anfitriões pressagiaram a chegada dos convidados em seus sonhos e anunciaram: "Nossos convidados estão para chegar; eles estão dormindo perto daqui".

Esse é o início do mito que conta a história de uma moça que estava em reclusão – em virtude da primeira menstruação – e sai para dançar na praça central com as demais mulheres; como consequência, água começa a brotar do chão, amolecendo a terra e precipitando os Yanomami para o nível subterrâneo, onde acabam se transformando nos *Amahiri*, seres ctônicos canibais.

UM GENRO ESPERTO[16]

Esse mito conta a saga de um yanomami que vai à procura dos sobreviventes da comunidade de sua mulher, que uma onça ca-

---

[16] Mito 282, em *A clever son-in-law* em *Folk Literature of the Yanomami Indians* (pp. 512–17, tradução minha). Nas coletâneas em espanhol, aparece sob o mesmo título *El yerno oportuno*, conforme *El hombre de la pantorrilla preñada* (pp. 46–53). Em *No patapi tëhë – en tiempos de los antepasados* (pp. 199–206) e em *Mitologia Yanomami* (pp. 143–48).

nibal dizimara. No meio do caminho ele encontra Pore, que o recebe com a seguinte sentença: "Um presságio me avisou de sua chegada. Eu ouvi canto do inhambu na minha direção, e então eu soube que alguém chegaria".

Pore lhe oferece carrapatos para comer e tenta casá-lo com sua filha, mas o homem foge até encontrar a onça e matá-la. Em seguida reencontra a família de sua mulher e todos voltam para a casa que havia sido abandonada.

A referência ao sonho aparece na versão de Lizot: "*Supe de tu llegada por un sueño. Lo supe por un sueño. Un pájaro hõroma me advirtió*" (Soube de sua chegada por um sonho. Soube disso por um sonho. Um pássaro *hõroma* me avisou) (Lizot 1974, p. 46). O autor ainda acrescenta uma nota ao fim do mito explicando o sonho que os xamãs têm com visitantes que estão para chegar: "*Los chamanes pretenden que son prevenidos por un sueño de la llegada de un visitante. Así se oye decir a la llegada: 'lo había visto en sueños'*" (Os xamãs acham que são avisados da chegada de um visitante por um sonho. Assim dizem na chegada: "te vi em sonho") (p. 48).

Os sonhos que os xamãs me relatavam estavam repletos de referências míticas, e eles falavam dos mitos como eventos que haviam acontecido, uma vez que os tinham visto em sonho. Passei então a trabalhar com a hipótese de que os mitos são sonhados e que, num certo sentido, todo mito já foi, é ou será um sonho. Isso não significa, contudo, afirmar que mito e sonho sejam a mesma coisa – se o são, são apenas em certo sentido. Dificilmente haverá um mito que, ao longo de sua trajetória, não tenha sido sonhado. Essa trajetória – que se refere em parte às transformações que o mito sofre, dando origem às suas variantes – deve muito provavelmente ter passado pelos sonhos.

Os mitos, além de serem transmitidos de geração a geração, são sonhados pelos xamãs a partir do momento em que eles são iniciados, num processo que se estende até o fim da vida. E é precisamente por essa razão que sonho e mito podem estar tão próximos no pensamento yanomami. E, pela mesma razão, podem ser submetidos a metodologias de análise semelhantes, pois operam sob a mesma lógica.

Com essa relação entre sonho e mito, pude compreender, enfim, por que, durante a reunião em que me apresentei, os xamãs me contavam os mitos. Eles estavam, na verdade, contando-me seus sonhos.

CONCLUSÃO
O SONHO YANOMAMI E A FITA DE MOEBIUS

A imagem da fita de Moebius me serviu de referência para pensar vários aspectos dos sonhos yanomami. Retomo alguns pontos e procuro desenvolver algumas considerações a respeito do tempo do sonho e do próprio lugar que ele ocupa no pensamento yanomami.

Ao apresentar os componentes da pessoa yanomami, destaquei o *utupë* como o *locus* dos sentimentos, da volição e do conhecimento: para que alguma coisa possa atingir o indivíduo, é necessário que ela antes passe pela imagem. Durante o sonho, o *utupë* se separa do corpo e vive as experiências oníricas, interagindo com os outros seres do cosmos. Tudo o que se vê em sonho é imagem; e é, portanto, nesse "tempo do sonho" que as imagens podem se encontrar. Há uma inversão entre o dia e a noite: o dia está para o corpo, para a matéria, assim como a noite está para as imagens, para os espíritos e os mortos.

A noite é o momento da fala elaborada, seja dos discursos *hereamu*, que ocorrem no dia a dia, seja dos diálogos cerimoniais *wayamu*, que acontecem durante as festas *reahu*. Ressalto a relação entre sonho, conhecimento, fala, coragem e generosidade, atributos que definem os *pata thë pë*, tidos como aqueles que sabem sonhar, e que também se aplicam aos xamãs.

O fim da tarde representa o meio-termo, pois é o começo da noite e o fim do dia. É nesse interstício do lusco-fusco que os sentimentos podem se manifestar, pois é o início do dia das imagens. Aflora a saudade, que por sua vez é consequência dos sonhos com os ausentes. São os outros que sentem saudade e fazem com que os Yanomami sonhem com eles – e, por consequência, sejam afetados.

As experiências que acontecem durante o sonho podem influenciar os acontecimentos da vigília e vice-versa. Os Yanomami sabem que o que vivenciam nos sonhos é diferente do que experimentam em estado de vigília. Aqui não há uma confusão entre essas experiências. No entanto, aquilo que experimentam sonhando é considerado tão importante quanto as experiências da vida desperta. São formas complementares de estar no mundo e de se relacionar com ele. Os Yanomami não apenas pensam sobre seus sonhos, eles sonham aquilo que pensam. E é por isso que se pode dizer que os sonhos yanomami são parte fundamental de sua concepção de mundo.

A imagem da fita de Moebius nos ajuda a compreender que tudo que ocorre de um lado passa pelo outro. Assim, é como se um lado da fita correspondesse às experiências diurnas, do corpo, da matéria; e, o outro, às experiências oníricas, da imagem, do imaterial. Aquilo que acontece de um lado passa para o outro, revelando-se um único lado, no sentido de que ambas as experiências afetam a pessoa, cada uma a seu modo. Entretanto, tais experiências se desenrolam como se corpo e imagem estivessem um de costas para o outro; para que os eventos de um lado aconteçam, é preciso que o outro esteja "adormecido". À noite o corpo repousa; de dia a imagem dentro do corpo permanece em estado latente.

Falei do tempo do sonho, *mari tëhë*, e destaquei que, mais do que um tempo, *mari tëhë* se refere a uma dimensão ou a um espaço-tempo contínuo, sempre em movimento. Nele, a distinção entre passado, presente e futuro não tem relevância. Pode-se sonhar com eventos passados, mas no momento em que se sonha, esses eventos estão acontecendo e, portanto, remetem ao presente. Isso diz respeito sobretudo aos sonhos dos xamãs, pois é por meio deles que os mitos não apenas existem como ainda podem ser e são constantemente transformados.

Esse ponto é fundamental, pois os sonhos engendram um espaço-tempo que possibilita a dinâmica de um cosmos em constante construção. Os mitos são transformados, mas, para além disso, o próprio xamã, a partir de seus sonhos, vai elaborando seu repertório mítico e ampliando suas experiências oníricas. Seus sonhos transformam o mundo, mas isso só é possível porque ele mesmo é transformado por essa experiência.

Aqui sonho e mito se aproximam porque ambos colocam em movimento essa dinâmica espaço-temporal que faz com que o cosmos esteja sempre em um movimento de construção contínuo.

Os eventos oníricos e míticos se desenrolam passando de um lado para o outro, sem nunca atingir um ponto específico. Não há começo, não há fim. Os acontecimentos transitam de um lado para o outro e percorrem uma trajetória que remete ao infinito. À medida que são sonhados, os mitos vão se transformando e se multiplicando *ad æternum*. Da mesma forma que não se pode falar em um mito mais original que outro, tampouco se pode chegar a um último mito – ou ao mito primordial –, porque todos são versões constantemente reinventadas.

Ao falar do mito do retorno dos mortos, da vida dos *pore* no *hutu mosi*, fiz uma comparação com a festa *reahu*. A questão do tempo perpassa essas três esferas: o mito, o cosmos e o rito. No mito, o retorno dos mortos remete ao início dos tempos, quando os mortos voltavam para o convívio dos vivos, suspendendo assim a periodicidade entre vivos e mortos. O retorno dos mortos desencadeia um *bug* no sistema, porque rompe o ciclo de vida e morte e, consequentemente, de reciprocidade. Em um lugar onde os mortos não morrem, a vida se torna impossível e o tempo fica paralisado.

Em relação ao *hutu mosi*, o tempo é duplamente oposto ao dos vivos. Primeiro porque se trata de uma inversão: o dia dos *pore* é a noite dos Yanomami. E segundo porque o tempo no *hutu mosi* corre ao contrário. Assim, enquanto no patamar dos vivos os Yanomami envelhecem, no *hutu mosi* os *pore* passam por um processo de rejuvenescimento. Nesse caso, o tempo volta atrás.

Quanto à relação entre sonho e mito, pensei em como eles se aproximam dentro do pensamento yanomami. Os mitos estão em constante transformação na medida em que são sonhados; os eventos se repetem, mas essa repetição nunca leva ao mesmo lugar. A dimensão do sonho remete a um mundo inacabado, à maneira do mundo Pirahã (Gonçalves 2001).

Ao fazer dos sonhos parte constituinte de seu pensamento, os Yanomami ampliaram e moldaram sua forma de conhecer o mundo. Assim, em um mundo onde tudo pode ser sonhado, nada é novo, ou melhor, o novo é sempre percebido como parte de algo que já foi visto em sonho e que, portanto, já é conhecido de antemão. Lembro mais uma vez dos sonhos em que os Yanomami viajam a lugares onde nunca estiveram, mas que afirmam conhecer por terem estado *lá* em sonho.

O sonho é uma das portas de entrada de tudo que é desconhecido, que então passa a ser próximo e fazer sentido. Todos têm acesso a essa dimensão, guardadas as devidas diferenças, que variam de acordo com as experiências da vigília.

Kopenawa reafirma inúmeras vezes: os brancos não sabem sonhar, por isso não conseguem ver as coisas como elas realmente são. Ele lembra, porém, que entre os brancos havia um que sabia sonhar. Seu nome era Chico Mendes. E o xamã yanomami imagina que, em seus sonhos, ele deveria se afligir ao ver a floresta sendo devorada pelos grandes fazendeiros, e conclui que só por meio de seus sonhos Chico Mendes poderia ter encontrado as palavras para defender a floresta. "Quem sabe a imagem de *Omama* as colocou em seu sonho?", reflete o xamã (Kopenawa & Albert 2015, p. 481).

Kopenawa acredita que as palavras de sabedoria de Chico Mendes continuarão mesmo após sua morte, pois elas se propagaram pelo pensamento de muitas pessoas, inclusive no dele próprio.

Além de Chico Mendes, há outros brancos que conseguiram ir mais longe e sonhar verdadeiramente a floresta, como foi o caso de Bruno Pereira e Dom Phillips. Assim como os sonhos yanomami que surgem quando as flores da árvore dos sonhos desabrocham, os sonhos de Bruno, Dom e tantos outros e outras continuarão desabrochando em nós e seguiremos sendo resistência. E, aos inimigos, os Yanomami e nós responderemos: *Yamaki temi xoa! Yamaki nomaimi!*

AGRADECIMENTOS

Aos Yanomami do Pya ú, e que hoje fazem parte da comunidade do Kawani, agradeço por terem me acolhido e por compartilharem comigo sua casa, seus sonhos, suas vidas, a comida e o *pee nahe*. Agradeço ao Ênio Mayanawa pela amizade e por todo o suporte logístico durante minhas entradas.

Agradeço à Hutukara Associação Yanomami, no nome de Davi Kopenawa e de Dário Vitório, que forneceram todo o apoio necessário para que eu pudesse entrar na TI Yanomami e desenvolver minha pesquisa. Ao Davi, agradeço pela disposição, generosidade e paciência que sempre teve para responder às minhas infindáveis perguntas sobre os sonhos yanomami. Ao Dário, por ter se empenhado em vários trâmites burocráticos para que eu conseguisse entrar em campo.

Agradeço ao Instituto Socioambiental (ISA), que me ofereceu, além de apoio logístico, morada e amizades valiosas. Ao escritório em Boa Vista, agradeço a Lidia Montanha Castro, Marcolino da Silva, Maria José Rocha, Matthieu Jean Marie Lena, Sidinaldo Lima dos Santos, Norma Pereira, Ilce Mesquita, Moreno Saraiva Martins e Marcos Wesley. No ISA São Paulo, agradeço ao Beto Ricardo pelo carinho e pelo apoio contínuo, além do incentivo para que eu publicasse este livro. Ao Antenor Morais, pela disposição e suporte que me ofereceu sempre que precisei.

Ao querido Carlo Zacquini, agradeço por compartilhar sua sabedoria e sensatez e por ser um exemplo de força e dedicação no trabalho junto aos Yanomami. À Claudia Andujar, por ter impactado de maneira profunda, por meio de suas fotos em preto e branco, meus sonhos com os Yanomami e a floresta.

Agradeço aos docentes e discentes do Programa de Pós-Graduação em Antropologia Social da Universidade Federal de Santa Catarina (PPGAS-UFSC), que fizeram parte da minha formação desde a graduação até o doutorado, e às amizades que fiz ao longo do caminho. Agradeço a Antonella Tassinari, José Antonio Kelly, Oscar Calavia Sáez, Esther Jean Langdon, Márnio Teixeira-Pinto, Viviane Vedana, Rafael Devos, Gabriel Barbosa, Vânia Zikán, Scott Head, Evelyn Schuler Zea, Maria Eugênia Domínguez, Jeremy Deturche. Agradeço aos colegas do doutorado, em especial aos amigos Tatiane Barros, Diógenes Cariaga e Marcelo Camargo por terem sido meus fiéis companheiros nesta caminhada.

A Renato Sztutman, Evelyn Schuler Zea, Gemma Orobitg e Oscar Calavia Sáez, agradeço pela leitura cuidadosa e pelas sugestões inestimáveis oferecidas na qualificação e defesa da tese, as quais incorporei no presente livro. Ao Oscar, em especial, agradeço pelas conversas e trocas que permearam toda minha formação, e que de certa forma encontram eco no modo como este livro foi escrito.

Agradeço ao meu amigo e orientador, José Antonio Kelly, pela consideração e pela generosidade em compartilhar comigo seu conhecimento e paixão pelos Yanomami. Agradeço, ainda, pelo apoio derradeiro que deu para o refinamento do texto da tese que ora apresento neste livro.

Agradeço ao Eduardo Viveiros de Castro por ter sido tão atencioso e acolhedor, desde o início de meu trabalho com os Yanomami até o momento do trabalho de campo que deu origem a esta pesquisa. Agradeço ao Bruce Albert pela generosidade e disposição para conversar sobre minha pesquisa, e pelas sugestões de leituras fundamentais, sobretudo em relação aos sonhos e aos mitos.

Aos amigos que me deram todo o suporte necessário durante minhas estadas em Boa Vista, seja com a logística para entrar em campo, seja pelos inumeráveis pousos, conversas e trocas. Agradeço a Dora Carvalho, Corrado Dalmonego, Mary Agnes Mwangi, Noemi Mamani, Ana Paula Souto Maior, Giseli Deprá, Marina Vieira, Marcela Ulhoa, Lucas Lima, Virgínia Amaral e Estêvão Benfica Senra. A esse último, agradeço também pela elaboração dos mapas que constam neste livro. Agradeço também às amigas distantes, Fiona Watson e Maria Teresa Quispe. Seguimos juntas pela causa Yanomami.

Em Floripa, agradeço a tantas casas e amigos que me acolheram antes e depois do campo: Clarissa Melo, Rafael Buti, Ananda Knoll, Tomás Figueiredo, Lucas Canestri, Leonardo Radaik, Caio Miranda, Camila Codogno, Amana Moojen, Leonardo Carvalho, Cris Kusunoki, Matheus Grandi e Vinicius Anaissi.

Agradeço aos amigos, recentes e de longa data, que acompanharam a trajetória que culminou neste livro, e que gentilmente revisaram e comentaram partes do texto ou apoiaram de alguma forma. Agradeço a Melissa Oliveira, Karen Shiratori, Tati Klein e Tati Amaral, Marcos de Almeida Matos, Luciano Vianna, Fernando Taques, Jorge Morais, Fernanda Cardoso, Ana Maria Machado, Malu Lopedote, Daniel e Tomás Tancredi, Luiz Otávio Bastos, Nicole Cruz e Hogges Makuxi.

Agradeço a minha família da Paraíba e da Indonésia. Em especial agradeço aos meus pais, por sempre apoiarem e incentivarem meu trabalho e a publicação deste livro. A minha irmã, Anita Limulja, e meu cunhado, Yuri Garfunkel, por todo o suporte para que eu tivesse as condições necessárias para escrever. Ao meu irmão, Paulo Limulja, e minha cunhada, Nathalia Guisolphe Castro, pelo apoio, mesmo à distância.

Agraceço a educação pública, gratuita e de qualidade, na qual eu me formei ao longo da vida, e a todas as professoras e professores que fizeram parte dessa minha caminhada. Este livro também é de vocês.

Agradeço a Capes, Fapesc e todas as agências de fomento à pesquisa no Brasil, sem as quais esta pesquisa, a ciência e a vacina não seriam possíveis.

REFERÊNCIAS BIBLIOGRÁFICAS

ALBERT, Bruce

1985. *Temps du sang, temps des cendres: Représentation de la maladie, espace politique et système ritual chez les Yanomami du sud-est (Amazonie brésilienne).* Tese de doutorado. Paris: Université Paris X–Nanterre.

2016. "La forêt polyglotte", in B. Krause, *Le Grand orchestre des animaux.* Paris: Fondation Cartier, pp. 91–99.

__ & Gale G. GOMEZ

1997. *Saúde Yanomami: Um manual etnolinguístico.* Belém: Museu Paraense Emílio Goeldi.

__ & William MILLIKEN

2009. *Urihi a: A terra-floresta yanomami.* São Paulo: Instituto Socioambiental/ IRD.

BORGES, Jorge Luis

1985. *Livro dos sonhos* [1976], trad. Claudio Fornari. São Paulo: Círculo do Livro.

CAILLOIS, Roger & G. E. von GRUNEBAUM (orgs.)

1978. *O sonho e as sociedades humanas* [1966]. Rio de Janeiro: Francisco Alves.

CAMPBELL, Alan T.

1989. *To Square with Genesis: Causal Statements and Shamanic Ideas in Wayãpi.* Edinburgh: Edinburgh University Press.

CARNEIRO DA CUNHA, Manuela

1978. *Os mortos e os outros: Uma análise do sistema funerário e da noção de pessoa entre os índios Krahó.* São Paulo: Hucitec.

CARRERA, Javier

2004. *The Fertility of Words: Aspects of Language and Sociality Among Yanomami People of Venezuela.* Tese de doutorado. Saint Andrews: University of St. Andrews.

CHARBONNIER, Georges

1989. *Arte, linguagem, etnologia: Entrevistas com Claude Lévi-Strauss* [1961], trad. Nícia Adan Bonatti. Campinas: Papirus.

COCCO, Luigi

1972. *Iyëwei-teri: Quince años entre los Yanomamos.* Caracas: Escuela Técnica Popular Don Bosco.

__; Jacques LIZOT & Juan FINKERS

1991. *Mitologia Yanomami.* Quito: Abya-Yala.

CRARY, Jonathan

2016. *24/7 Capitalismo tardio e os fins do sono* [2013], trad. Joaquim T. Junior. São Paulo: Ubu Editora.

DAVIS, Philip J. & Reuben HERSH

1988. *O sonho de Descartes* [1986], trad. Mauro C. Moura. Rio de Janeiro: Francisco Alves.

DESCOLA, Philippe

2006. *As lanças do crepúsculo: Relações Jívaro na Alta Amazônia* [1993], trad. Dorothee de Bruchard. São Paulo: Cosac Naify.

FAUSTO, Carlos

2001. *Inimigos fiéis: História, guerra e xamanismo na Amazônia.* São Paulo: Edusp.

FERREIRA, Helder P.; Estêvão B. SENRA & Ana Maria A. MACHADO (orgs.)

2019. *As línguas yanomami no Brasil: Diversidade e vitalidade.* São Paulo/ Boa Vista: Instituto Socioambiental/ Hutukara Associação Yanomami.

FRANCE, Anatole

1959. *O lírio vermelho* [1894], trad. Marques Rebelo. Rio de Janeiro: Irmãos Pongetti.

FRANCO JÚNIOR, Hilário

1998. *Cocanha: A história de um país imaginário.* São Paulo: Companhia das Letras.

GONÇALVES, Marco Antônio

2001. *O mundo inacabado: Ação e criação em uma cosmologia amazônica – Etnografia pirahã.* Rio de Janeiro: Editora UFRJ.

GRAHAM, Laura R.

2000. "Dreams". *Journal of Linguistic Anthropology*, v. 9, n. 1–2, pp. 61–64.

HUTUKARA Associação Yanomami

2022. "Cicatrizes na Floresta II: Evolução do garimpo ilegal na Terra Indígena Yanomami em 2021". Boa Vista: Hutukara Associação Yanomami / Associação Wanasseduume Ye'kwana.

KELLY, José Antonio

2011. *State Healthcare and Yanomami Transformations: A Symmetrical Ethnography.* Arizona: The University of Arizona Press.

2017. "On Yanomami Ceremonial Dialogues: A Political Aesthetic of Metaphorical Agency". *Journal de la Société des Américanistes*, v. 103, n. 1, pp. 103, 179–214.

KOPENAWA, Davi & Bruce ALBERT

2019. *A queda do céu: Palavras de um xamã yanomami* [2010], trad. Beatriz Perrone-Moisés. São Paulo: Companhia das Letras.

KRACKE, Waud H.

1985. "Mitos nos sonhos: Uma contribuição amazônica à teoria psicanalítica do processo primário". *Anuário Antropológico*, v. 9, n. 1, pp. 47–65.

2009. "Dream as Deceit, Dream as Truth: The Grammar of Telling Dreams". *Anthropological Linguistics*, v. 51, n. 1, pp. 64–77.

LANGDON, Esther J.

1999. "Representações do poder xamanístico nas narrativas dos sonhos Siona". *Ilha*, v. 1, n. 1–2, pp. 35–56.

2004. "Shamanismo y sueños: Subjetividad y representaciones de sí mismo en narrativas de sueños siona", in M. S. Cipolletti (org.), *Los mundos de abajo y los mundos de arriba: Individuos y sociedad en las tierras bajas y los Andes – Homenaje a Gerhatd Baer.* Quito: Abya-Yala, pp. 26–51.

2013. "New Perspectives of Shamanism in Brazil: Shamanism and Neo-Shamanisms as Dialogical Categories". *Civilizations*, v. 61, n. 2, pp. 19–35.

LEACH, Edmund R.

1970. *As ideias de Lévi-Strauss* [1970], trad. Alvaro Cabral. São Paulo: Cultrix.

LÉVI-STRAUSS, Claude

1985. *A oleira ciumenta* [1985], trad. José Antônio Braga Fernandes Dias. Lisboa: Edições 70.

2004. *O cru e o cozido (Mitológicas I)* [1964], trad. Beatriz Perrone-Moisés. São Paulo: Cosac Naify, 2004.

2017. *Antropologia estrutural* [1958], trad. Beatriz Perrone--Moisés. São Paulo: Ubu Editora.

2011. *O pensamento selvagem* [1962], trad. Tânia Pellegrini. Campinas: Papirus.

__ & Didier ERIBON.

2005. *De perto e de longe* [1961], trad. L. Mello e J. Leite. São Paulo: Cosac Naify.

LIZOT, Jacques

1974. *El hombre de la pantorrilla preñada y otros mitos Yanõmami.* Caracas: Fundación La Salle de Ciencias Naturales.

1988. *O círculo dos fogos: Feitos e ditos dos índios Yanomami* [1976], trad. Beatriz Perrone-Moisés. São Paulo: Martins Fontes.

1989. *No patapi tëhë: En tiempos de los antepasados.* Puerto Ayacucho: Vicariato Apostólico de Puerto Ayacucho.

1991. "Palabras en la noche: El diálogo ceremonial, una expresión de las relaciones pacíficas entre los Yanomami". *La Revista en Amazonas*, v. 12, n. 53, pp. 54–72.

1996. *Introducción a la lengua Yanomami: Morfologia.* Caracas: Vicariato Apostólico de Puerto Ayacucho.

2004. *Diccionario enciclopédico de la lengua yãnomãmi.* Caracas: Vicariato Apostólico de Puerto Ayacucho.

2007. "El mundo intelectual de los Yanomami: Cosmovisión, enfermedad y muerte con una teoria sobre canibalismo", in G. Freire & A. Tillet (orgs.), *Salud indígena en Venezuela.* Caracas: Ediciones de la Dirección de Salud Indígena, pp. 269–323.

MAUSS, Marcel

2017. *Sociologia e antropologia* [1950], trad. Paulo Neves. São Paulo: Ubu Editora.

OROBITG, Gemma

1998. *Les Pumé et Leurs leurs rêves:* Étude *d'un groupe indien des Plaines du Venezuela.* Amsterdam: Overseas Publishing Agency.

2004. *Los sueños como fuentes para el estudio antropológico de las sociedades ameríndias.* Barcelona: Congreso Internacional Catalunya-América (ICCC).

PAZ, Octavio

1977. *Claude Lévi-Strauss ou o novo festim de Esopo,* trad. Sebastião Uchoa Leite. São Paulo: Perspectiva.

PERRIN, Michel (org.)

1990. *Antropología y experiencias del sueño.* Quito: Abya-Yala.

RAMIREZ, Henri

1999. *A prática do Yanomami.* Boa Vista: Comissão Pró-Yanomami (CCPY).

RAMON, Pedro P.

1996. *Ch'ulel: Una etnografía de las almas tzeltales.* México: Fondo de Cultura Económica.

SÁEZ, Oscar Calávia

2013. *Esse obscuro objeto da pesquisa: Um manual de método, técnicas e teses em antropologia.* Ilha de Santa Catarina: edição do autor.

SALMON, Gildas

2013. *Les Structures de l'esprit: Lévi-Strauss et les mythes.* Paris: PUF.

SMILJANIC, Maria Inês

1999. *O corpo cósmico: O xamanismo entre os Yanomae do Alto Toototobi.* Tese de doutorado. Brasília: UnB.

SHAKESPEARE, William

2002. *A tempestade* [1611], trad. Sonia Rodrigues. São Paulo: Scipione.

SPADAFORA, Ana María

2010. "Cumplí tu sueño: Pedagogía de la oniromancia y conocimiento práctico entre las mujeres pilagá – Gran Chaco (Formosa, Argentina)". *Mundo Amazônico,* v. 1, pp. 89–109.

SPERBER, Dan

1968. *Estruturalismo e antropologia* [1970], trad. Amélia e Gabriel Cohn. São Paulo: Cultrix.

STADEN, Hans

2017. *Duas viagens ao Brasil* [1557], trad. Angel Bojadsen. São Paulo: L&PM.

TEDLOCK, Barbara

1987. *Dreaming: Anthropological and Psychological Interpretations.* Cambridge: Cambridge University Press.

VALERO, Helena

1984. *Yo soy napëyoma: Relato de una mujer raptada por los indígenas Yanomami.* Caracas: Fundación La Salle de Ciencias Naturales.

VIVEIROS DE CASTRO, Eduardo

2017. *A inconstância da alma selvagem e outros ensaios de antropologia* [2002]. São Paulo: Ubu Editora.

2006. "A floresta de cristal: Notas sobre a ontologia dos espíritos amazônicos". *Cadernos de Campo*, São Paulo, v. 15, n. 14–15, pp. 319–38.

WILBERT, Johannes & Karin SIMONEAU (orgs.)

1990. *Folk Literature of the Yanomami Indians*. Los Angeles: UCLA Latin American Center Publications.

SOBRE A AUTORA

HANNA CIBELE LINS ROCHA LIMULJA nasceu em 2 de abril de 1982, em São Paulo. É graduada (2005) em ciências sociais pela Universidade Federal de Santa Catarina (UFSC), e mestre (2007) e doutora (2019) em antropologia social pela mesma instituição. Trabalha com os Yanomami desde 2008, tendo atuado em ONGs no Brasil e no exterior, como Comissão Pró-Yanomami (CCPY), Instituto Socioambiental (ISA), Wataniba e Survival International. Atualmente trabalha em um projeto de promoção e atendimento à saúde yanomami e dos povos indígenas do DSEI Leste de Roraima. Integra a Rede Pró-Yanomami e Ye'kwana, criada em 2020 por um coletivo de pesquisadores e aliados na luta pela garantia dos direitos territoriais, culturais e políticos desses povos.

Dados Internacionais de Catalogação na Publicação (CIP)
Bibliotecário Vagner Rodolfo da Silva – CRB 8/9410

L734d   Limulja, Hanna
        O desejo dos outros: Uma etnografia dos sonhos
        yanomami / Hanna Limulja; prefácio de Renato
        Sztutman. São Paulo: Ubu Editora, 2022.
        192 pp.
        ISBN 978 65 86497 91 5

1. Índios da América do Sul. 2. Índios Yanomami
– Brasil. 3. Etnografia. 4. Sonhos. 5. Kopenawa,
Davi. 6. Xamanismo. 7. Crise ecológica.
I. Limulja, Hanna. II. Título.

2022-864   CDD 980.41   CDU 911.3

Índice para catálogo sistemático:
1. Índios: América do Sul 980.41
2. Índios: América do Sul 911.3

© Ubu Editora, 2022
© Hanna Limulja, 2022

ILUSTRAÇÃO DE CAPA Davi Kopenawa (*Mari hi*, a árvore dos sonhos
yanomami, cercada de *poremamakasi pë*, vaga-lumes)
FOTOGRAFIAS Hanna Limulja
EDIÇÃO DE TEXTO Maria Emilia Bender e Florencia Ferrari
PREPARAÇÃO Gabriela Naigeborin
REVISÃO Orlinda Teruya
TRATAMENTO DE IMAGEM Carlos Mesquita
PRODUÇÃO GRÁFICA Marina Ambrasas

EQUIPE UBU
DIREÇÃO EDITORIAL Florencia Ferrari
COORDENAÇÃO GERAL Isabela Sanches
DIREÇÃO DE ARTE Elaine Ramos; Júlia Paccola
e Nikolas Suguiyama (assistentes)
EDITORIAL Bibiana Leme; Gabriela Naigeborin
COMERCIAL Luciana Mazolini; Anna Fournier
COMUNICAÇÃO / CIRCUITO UBU Maria Chiaretti;
Walmir Lacerda
GESTÃO SITE / CIRCUITO UBU Laís Matias
DESIGN DE COMUNICAÇÃO Marco Christini
ATENDIMENTO Cinthya Moreira

5ª reimpressão, 2023.

UBU EDITORA
Largo do Arouche 161 sobreloja 2
01219 011 São Paulo SP
ubueditora.com.br
professor@ubueditora.com.br
/ubueditora

Esta edição, publicada com o apoio do Instituto Socioambiental, é parte das celebrações dos trinta anos da homologação da Terra Indígena Yanomami. Parte dos direitos autorais serão destinados à Hutukara Associação Yanomami.

FONTES Politica e Tiempos
PAPEL Pólen bold 70 g/m²
IMPRESSÃO Margraf